U0609748

[百花谭文丛]

陈子善·主编

行脚八方

郑培凯／著

天津出版传媒集团

百花文艺出版社

图书在版编目（CIP）数据

行脚八方 / 郑培凯著. -- 天津：百花文艺出版社，
2014.8

（百花谭文丛）

ISBN 978-7-5306-6456-8

Ⅰ. ①行… Ⅱ. ①郑… Ⅲ. ①散文集－中国－当代
Ⅳ. ①I267

中国版本图书馆CIP数据核字（2014）第153704号

责任编辑:徐福伟

装帧设计:郭亚红　　责任校对:张亚丽

出版人:李华敏

出版发行:百花文艺出版社

地址:天津市和平区西康路 35 号　　邮编:300051

电话传真:+86-22-23332651（发行部）

　　　　　+86-22-23332656（总编室）

　　　　　+86-22-23332478（邮购部）

主页:http://www.bhpubl.com.cn

印刷:天津市银博印刷技术发展有限公司

开本:787×1092 毫米　　1/32

字数:56 千字　图数:12 幅

印张:4.75

版次:2014年8月第1版

印次:2014年8月第1次印刷

定价:22.00元

目 录

辑 一

辑　二

辑 一

香港行脚

山海交错在香港

有朋友来香港,但凡是比较年轻,或身体比较健朗,停留时间比较久的,对商场购物之外的世界有兴趣的,我都会问一声,周末跟我们一道去行山,好吗?朋友的反应,往往都是吃了一惊,行山?香港除了在中环、铜锣湾、尖沙咀,逛逛商场,到名牌店里挑几件中意的服饰,乘坐缆车上太平山、上昂坪,到海洋公园看看熊猫,玩玩儿迪斯尼乐园,此外,还有什么郊野,有什么山峦丘壑,需要拨出一天的时间,值得一行的?

我当时觉得,香港虽然已经回归了十五年,向内地开放自由行也七八年了,内地同胞对香港的印象,似乎和艾敬在回归前唱红的《我的1997》差不多:"1997快点儿到吧,八佰伴衣服究竟怎么样? 1997快些到吧,我就可以去香港啦！1997 快些到吧，让我站在红磡体育馆。1997 快些到吧，和他去看午夜场。"且不管香港还有没有八佰伴，红磡体育馆是不是体育馆，午夜场到底是干什么的，在外地民众的心目中，香港就是资本主义的花花世界，雷打不动、台风刮不走的红尘十丈，是 LV 包包、Hermes 围巾、Salvatore Ferragamo 皮鞋的购物天堂，是参加明星演唱会的狂欢场，是可以通宵达旦花天酒地的好地方。行山？有冇搞错？

其实，不只是外地来港的游客，连许多土生土长的香港人，在香港生活一辈子，平时朝九晚五打工，闲来叹叹早茶与午茶，吃吃虾饺、烧卖、叉烧包，打打麻将、赌赌马，也都不曾涉足香港郊野的青山绿水，不曾徜徉在山海交错的美景，不曾观赏过朝晖夕阴的冈峦与湾澳。

的确，香港的郊野风光不是鬼斧神工的奇景，不会让你叹为观止，不属于世界奇观之类，上不了世界自然遗产名录。在香港行山，你不会看到尼加拉瀑布或伊娃苏瀑布的"飞流直下三千尺，疑是银河落九天"，你也不会看到玉门关之外的"大漠孤烟直，长河落日圆"。香港的郊野风光，没有张家界的峰峦奇诡，也没有九寨沟的玄潭幽深。但是，香港新界湾澳蜿蜒曲折的跌宕，以及山海交错所呈现的光影缤纷，却静静等在你的后院，只要你背起行囊，走上半个小时，就进入了层出不穷的惊喜。有时我不禁会想，世界上还有什么国际大都会的居民，比香港人更幸福，更容易离开石屎森林的喧嚣与污染，转身就能"独坐幽篁里，弹琴复长啸"？就能进入王维《鹿柴》的诗境："空山不见人，但闻人语响。返景入深林，复照青苔上。"

不久之前，我带领行山的朋友，从西贡郊野公园的北潭凹，翻越几个平缓的峰峦，走向西贡北端的高流湾。先是经过废弃的赤径村，流连在倾圮的残垣断壁之间。眼前是清澈无人的海湾，海浪轻轻拍打沙岸，似乎是在呢喃，物是人非，天荒地老，阅尽苍生。岸边萌生了红树林幼苗，逐渐蔓延到潺潺的沟涧，不知道再过多少年后，是否会变成一片海岸的丛林。在一片山坡后面，我们找到了隐蔽在树丛中的山径，拨开藤葛与丛莽，攀爬上浓荫覆盖的山丘。穿过了山丘的树丛，眼前一片开朗，原来到了山岭东侧的大坡，看到了直下一两百米的溪谷，以及连绵不断的山峦，苍翠欲滴，显示了不同层次变化的青绿色调。翻过这片长坡，登上一个山口，就可以看到大滩海与赤径口的海面，极为戏剧化地跃登到眼前，就像舞台的帷幕骤然打开，光彩耀目的美丽新世界突然展现，让你猝不及防，有如梁启超读到龚自珍的诗句一样，"若受电然"。攀爬的劳累，摔跤的郁闷，经历的危险，全都得到了最大的报偿，也对俗话说的"吃得苦中苦，方为人上人"得了一种全新的解释。回头一看，蚺蛇尖的高峰直插天穹，见证了我们行山的乐趣。

你可曾在香港的郊野，经历过山海交错提供的美感，让你融入天地自然的和乐？没有的话，去行山吧，试试。

风雨塔门

眼前是迷蒙一片，雾气浓得像浴室的毛玻璃，模糊了视线，看不到周遭海湾岬角曼妙婉转的景象。十米之外，连人的面貌都模糊了。气象预报说是有雾，谁知到了西贡郊野公园，雾气竟然大得淅淅沥沥，雨雾夹杂。从黄石码头往前望，只有白茫茫的一片，海天雨雾混成一色，带点阴沉郁闷的不安。朋友说，会不会下大雨啊？

虽然完全看不清旅程的前景，我们还是决定出发，乘坐快艇，冲入了烟水朦胧，像一把利刃，划开了水墨渲染的画面。快艇的速度远远超过预期，像是乘了太空梭，向鸿蒙无际的外太空发射。迎面扑来的风雨，有如四处飞散的箭矢，劈头盖脸打过来。一阵波涛涌来，快艇突然飞腾而起，再啪嗒跌落在海面，速度却不曾稍减。同行的荣新江是敦煌与丝路专家,虽然经常穿越无垠的沙海,在大漠中放眼无边无际的孤寂,探索旅人生命的极限,却是在渤海边上长大的,似乎感到自己重回浩瀚大海的怀抱。浪涛壁立,扑面而来,快艇如千军万马中冲锋陷阵,他不禁哇哇大叫,直呼刺激呀,过瘾呀,好久没有这么放怀了。那个开心劲儿,比陶渊明说的"久在樊笼里,复得返自然",还有过之。可怪的是,我却想到了姜白石的词意,"三十六陂人未到,水佩风裳无数"。从海上的迷茫风雨,联想到风日晴和的荷叶田田与闹红一舸,真是风马牛不相及,却又贴切得诡谲,大概是因为海风劲吹如一面布幕紧裹,而水珠又飞洒得满头满脸吧。

迷蒙中蓦然出现了一抹苍绿,塔门岛就到了。雨势却不解人意,愈下愈大,有人开始意志动摇,说还能行山吗?我说,先看看天后宫,瞻仰妈祖,再做决定。塔门天后宫庙门横额上写着"嘉庆元年建",迄今有两百一十三年,想来妈祖在岛上落籍的时间一定更早,总是乾隆年间的事了。庙前庙后瞻仰了一番,雨停了,恢复雾失楼台的状态。我说,出发吧。

沿着小径,我们走到岛北的望海亭,不但望不到海,连山坡下的海岸都看不到,只见楼台里雾影朦胧,人影幢幢,好像在演一出蹩脚的灯影戏。我跟朋友说，这里可以远眺南中国海，再远处就是太平洋了。朋友都笑，说看见了、看见了，看见夏威夷，看见美国加州的海岸了。

沿着海岸再往前行，蜿蜒的小径引向海滨叠石区。我们走在云里雾里，走着走着，突然看到海平线的远方亮了起来。灰霾的天空在海天尽头出现一条白练，逐渐扩大，霎时风起云涌，蓝天展现了，远方的岛屿也像鲸鱼一样浮出海面了。云气跑得很快，掀起阴霾的裙裾，跳起快三步，从海面一直跳跃上山坡，追逐着残余的雾气，在山坡的巅顶上化作一缕缕轻纱，踩着轻盈的舞步，消失了。

我们站在岸边，看着海天作为剧场，不经意演出了一场乱云飞渡。云开雾散，海面灰蓝灰蓝的，延伸向视野的尽头。远方的小岛苍绿苍绿，映着由灰转蓝的天空，逐渐亮丽起来。我说，看，眼前就是太平洋。极目远眺，再加点想象，就可以看到加州了。朋友都笑起来，说天后宫里的千里眼大概看得见，我们就免了。不过，塔门的海景还真不错。

嘉道理农场

每年到了春天，就有朋友建议，到嘉道理农场去赏花吧。

去年暮春，我们一行到了嘉道理农场，欣然发现，年过六十就可以免缴入场费。有位年纪资深的朋友大声叹息，啊呀，忘了带身份证，没法享受优惠待遇。正当大家七嘴八舌说着，怎么可以上街不带身份证呢？差人会当街查，查到没证件，抓你进差馆，坐牢的。农场的工作人员在旁插嘴说，老人家，只要记得出生年月日，就可以免费入场。大家又是一阵七嘴八舌，嘉道理农场好啊，如此敬老尊贤，如此老吾老以及人之老，如此不计较"程序正义"，如此的法律不外乎人情，跟带着警棍的差人真是不同，真是情理法兼顾，法治文明加礼运大同，真是世外桃源了。

　　进得园来，就像《牡丹亭》里写杜丽娘小姐游园惊梦一样，令人惊艳，"不到园林，怎知春色如许？"倚着眼前的石墙，是艳冶灿烂的一丛紫花，铺天盖地，像瀑布一样，倾泻春天无羁的热情。山涧边几棵高耸的非洲郁金香，正盛放着硕大的艳红花朵，像火焰跳跃在树颠。如此苍翠的大树，树冠浓密葳蕤，却又绽放郁金香似的大花，是大自然在非洲大地的野性绮思，让人联想到非洲同胞跳舞的恣意狂欢。沿着石阶而上，夹道是色彩缤纷的草花，虽然许多都叫不出名字，但是春花盛放所展现的蓬勃生机，姹紫嫣红的欢愉，还是让我们回忆起童稚时期无忧无虑的快乐，忘却俗世的烦恼。

在嘉道理农场行山，一路上都是惊喜。未曾预期的乐趣，纷至沓来，像山上的云雾，从来处来，到去处去。参禅的人或许会说，从无处来，到无处去，一切如电光泡影，都是心中幻象。我们是没有参透玄机的俗人，只觉得无限欣喜，看山花灿烂，看云影飘忽，就有人唱起，花非花，雾非雾，夜半来，天明去，来如春梦不多时，去似朝云无觅处。走在山坡上，听歌声飘飘荡荡，成了云影的伴唱，那感觉有点超现实，好像勒内（Rene Magritte）的画面融入了山径，云飘着，人走着，实实在在的脚步，听着恍恍惚惚的歌声，走进了虚虚幻幻的梦境。

就想起我们第一次到嘉道理农场，是SARS肆虐的那年春天。听说SARS病毒可以随风飘扬，隔空打牛，吓得香港人自我隔离，人人自危，大家都闷在家里，像母鸡孵蛋一样，不敢挪窝。实在闷得要闭气了，就有朋友提议，到郊外的嘉道理农场去走走，那里有猪、有鸡、有鹦鹉、有红鹤、有蔬菜、有树木，人却见不到几个，比较安全。于是，就自己开了车，造访农场。这才发现，农场不但有猪鸡蔬菜，还有山花满坡，白云出岫。从此，我们每年都安排春天行山，亲近亲近烂漫的山花。

今年去农场的时间稍微早了一点,在惊蛰前几天。广玉兰花开得正盛,赶在绿叶芽萌之前,就像舞台出场的主角,迫不及待要亮相,远远甩开了随从的龙套,嚣张地展示着万紫千红的威势。农场依山而建,我们从仄道盘旋上山,浸润在树荫光影的变化之中,听山涧淙淙,听鸟啾啾啾,十分惬意。最高处是个开敞的双子亭,坐落在花丛之中,眼前一片斜坡,可以远眺云雾缭绕的观音山。漫山遍野开着各种杜鹃花,有大叶的山杜鹃,红的、白的、淡紫的、淡红的、橙黄的,竞相斗艳,还有小叶杜鹃,虽然含苞待放,但花苞已经艳红如野火,看久了觉得眼球都有些灼热。大家高兴了,唱起小学音乐课学的艺术歌曲,淡淡的三月天,杜鹃花开在山坡上,杜鹃花开在小溪旁。多美丽啊,啊啊啊,像村家的小姑娘,像村家的小姑娘。四顾望望,才发现,高声欢唱的都是年过六旬的女士,我们就说,小姑娘们唱得好啊。大家笑成一团,说春天来了,大地春回,万物回春,我们的年纪也要回春的。

惊蛰过了是清明,春花一定开得更盛。

乌溪沙

搬到乌溪沙,转眼已快两年了。慢慢的,随着居住环境的改变,视野不再禁锢于石屎森林,而能徜徉于宁谧的山水之间,心境也就逐渐产生了变化。

长期以来,我像大多数香港人一样,生活忙乱不堪,公务冗杂,再加上工作的性质还摆脱不了应酬,每天都积累一些排遣不去的烦恼,回到家里,还得忍受隔壁厨房喷出的油烟,窗外接连不断的喧闹,以及穿透性极强的婴儿啼哭。本来只是小小的现代性焦虑,像一根根带刺的草茅,压在背脊上,勉强还能承受。天长日久,焦虑无法排遣,加上都市生活无可避免的嚣扰,每日递增,逐渐就感到成吨草茅的威力,不但可以压垮骆驼,也可以扭曲人们的世界观,怀疑身边的人群是否都是外星人的卧底,是否都在吸取你生命的灵气。实在觉得承受不住了,心里就开始呼唤"岱宗夫如何,齐鲁青未了",向往着高山流水,想搬到郊外,摆脱"鸡毛蒜皮如天大"的纠缠。虽不能超脱如陶渊明那样,完全抛弃世务,躬耕南亩,却可以学他"结庐在人境,而无车马喧"的心态。鬼使神差地,就搬到了现代交通工具的尽头,马鞍山铁路的终点,乌溪沙。

从客厅的落地大窗望出去,是一片海湾,点缀着几处无人的岛屿。隔着海湾,远远屹立在天边,是苍翠的八仙岭,峰峦起伏,很有点气势。天清气朗的时候,可以看到峰岭虽然延绵不断,却高低错落,虽然说不上"造化钟神秀",倒还因为峰峦的曲折与山坡的仄侧,颇有"阴阳割昏晓"的效果,让我觉得,精神上可以时常与杜甫的诗境唱和,与古人神交。偶尔还能看到展翅的麻鹰,在窗外上下翱翔,与远方的青山白云相映,不禁还会兴起青年时代的逸趣,天空任鸟飞,宇宙阔无穷,心思可以远扬到无垠的化外。

每天面对八仙岭,也就难免有点好奇,想让八仙一一对号入座。峰峦的最东边,靠近船湾水库,在大尾督后面的山岭,是仙姑峰,一定是何仙姑了。再往西去,山势较高,超过五百米的,是纯阳峰,当然是吕洞宾了。再往西,则是犁壁山、黄岭、屏风山,高度达到六百米之上,是峰峦屏立的主体。可是,让人疑惑的是,其他的六仙到哪里去了?韩湘子呢?蓝采和呢?曹国舅呢?铁拐李?张果老?汉钟离?根据渔农处的资料,在犁壁山之东,有八个山岭,八仙各自有峰,如曹舅峰、拐李峰,应该是土著命名的。可惜我们这些城里搬来的"伪新界人",没有土著的火眼金睛,明明就在眼前,却无法辨识神仙的洞府。

从阳台望下去,是乌溪沙村的郁郁葱葱。苍翠的树丛掩映着簇簇村屋,夹杂了一两片芭蕉林,颇有些旧日农村的余韵。浓密的树丛之中,耸立一座教堂,尖顶上白色的

十字架,映照着苍翠的树影,特别醒目,凸显了乌溪沙青年营的地位。隐在树丛与青年营后面,就是清澈而广袤的海滩,安静而且原始。沿着海滩走到尽头,在落禾沙接壤乌龟头的靠海地段,聚居着十来户人家,有几棵上百年的老榕树,是渡头村。据说,明末时期就有人泛海而来,在此定居。清初实施迁海政策,把海边的居民都驱赶到内陆去,不知道此地的居民是否僻居化外之地,可以躲过官方追捕,一直安居绵延到现代?居民们已经不靠打鱼为生了,在沙滩上铺摆了许多剖成两半的汽油桶,权当烤肉炉,经营起烧烤业,招揽了一些年轻人,在周末晚间烤肉唱游,倒是有点夏威夷的热带风情,有一种驯化的蛮荒气息,一种羁縻的浪漫,没有危险的野性。

周末的清晨,我们会到海边散步,看波涛轻轻拍打沙滩,一层层的海浪缓缓地涌向岸边,带来海水的潮臊与腥气。许多年纪大的村民喜欢晨泳,天蒙蒙亮就下水了,太阳初升就已穿好了衣裳,在返家的途中,跟我们打招呼,说"早晨"。我们也就一路"早晨"下去,伫立在海滩,看云雾在对岸的峰峦上翻腾。

乌溪沙真是一片福地,而且在香港。

乌溪沙海滨

乌溪沙地处新界东北,在吐露港东南,马鞍山山脊的西北角,是片背山面海的狭长地块。假若是在高纬度的华北大漠,这样的地形属于山阴地带,阳光不容易照射得到,可能有点阴翳。然而,香港是北回归线以南的地区,四季最不缺的就是南国的阳光。况且,马鞍山峰峦的最高处也不过六百来米,清晨就有调皮的太阳,熹微时分便翻越过山脊,向着吐露港的水面射出黄金的箭镞,浮光跃金,照亮了乌溪沙这片隙地。向晚时刻的夕阳,更是有时骄骁,有时妩媚,有时像羞涩的阿拉伯少女,拉片乌云当作遮面的黑纱,有时却像明媚的西班牙女郎,纠缠着满天的彩霞,在吐露港广袤的水面,跳起热情奔放的弗拉明戈。港湾里点缀着大大小小的岛屿,也随着晨昏四时,阴晴变幻,像万花筒似的,配合光影的变化,展露各种山海交叠的玲珑曲线。

周末的清晨时分,我们经常到海滨散步,听涛声轻轻拍打沙滩。乌溪沙海滩很有点野趣,保持着半原始的状态,细细的黄沙夹杂了贝壳的碎片,在海湾岸边伸延数里,一直到渡头村的尽头。沙滩的边缘,生长了各种植被,有些我还能认得出来,如颇有固沙作用的鬖刺及卤地菊。不知道为什么，这一带没有香港海边常见的红树林，倒是长着大片大片的黄瑾。黄瑾的英文俗名是 sea hibiscus，硬译过来是"海瑾花"，初夏时节花开满树的时候，让你惊诧生命的顽强与奇妙，怎么在如此恶劣的盐碱沙滩上，可以生长出覆盖满树的艳黄色花朵？黄瑾的枝干盘错斑驳，总让我想到台湾海滨的林投树，却因为少了林投树的荆棘，多了花开时分的艳丽，走过的时候，回头张望，就觉得香港的海滨温馨妩媚得多了。

乌溪沙海滨有一条荒僻的小径，近来政府前来整治，铺了平坦的水泥径道。也许我年纪渐长，看过太多险恶的世道，不免以小人之心度君子之腹，总觉得此举不太平常，或许隐藏了什么开发地产的阴谋，走起来令人惴惴不安，不像往日走在荒败小径上那么安逸。好在小径整治之后，暂时不见什么动静，海边的植被依然陶醉在阳光雨露之中，享受海风的吹拂，欣欣向荣。有一段小径的风景，最是赏心悦目，邻近海滩的一侧，长满了开着黄花的卤地菊，墨绿色的菊叶衬着艳黄色的小菊花，像满天星斗铺满了丝绒的夜空。小径的另一侧，则在芒草与姑婆芋的丛莽之中，矗立几株参天的香樟树，枝丫盘虬，还闲杂着苍翠的藤萝。如此接近原生态的风景，或许是许多远离文明的探险家梦寐以求,航行到南太平洋热带岛屿上,与人世隔绝,才能找到的原始风光吧?

我对卤地菊有一种特殊的亲切感,并不只是因为它有观赏性,看起来悦目,还因为它像极了我小时候住家篱笆边上生长的除虫菊,据说可以拿来制作蚊香。不知道卤地菊是否也有相同的功效,可以在夏日傍晚蚊虫滋扰之时,点起稍微刺鼻的熏香,唤回童时温馨的记忆。卤地菊又称双花蟛蜞菊,大概是形容花朵纤小,很像海滩上四处乱跑的蟛蜞蟹。《泉州本草》说,卤地菊可以内治急性扁桃腺炎、扁桃腺周围脓肿、肺炎、支气管炎、喉头炎、喉炎、百日咳、齿龈炎、高血压、肝热咳血、热型哮喘、鼻衄,外治蛇头疔、肚痈。假如真是如此,药用功效就远远超过除虫菊了,没想到竟然就长在我散步的小径边上。

有人告诉我,政府打算填海造地,计划当中就有乌溪沙海滨,可能再过几年,就不再有眼前的这一片景色了。取而代之的,是一排排恶形恶状的海景屏风楼,是停车场,是购物商场,是人声嘈杂与光怪陆离的现代性,是毁灭了自然美景的国际大都会贪婪本色。我不禁要问,毁了乌溪沙,毁了香港山海交错的景色,毁了自然植被,只为了发展房地产?

马鞍山春萌

眼前这个村子，看起来像是废弃了，村口却还立有布告牌，贴着最近政府发布的公告。远近听不到人声，葳蕤的百里香发散浓郁的芬芳，那种醉人的、闻了之后让人感到晕陶陶的香气，弥漫在村口这片无人打理的隙地。不禁想起，三十年前在美国东部阿帕拉契山区行山，也曾遇到类似的情景。丛芜掩覆之中有几间倾圮的屋舍，还有些径尺的木桶与铁管，都已经朽烂蚀断了，周遭发散着氤氲醉人的芳香，气氛有点诡异。那是美国禁酒时代深山老林的遗迹，不法之徒制造私酒的作坊。破墙敝瓦与酿酒器械，历经风雨霜雪的摧折，通过时光的打磨，还残留一些酒渣滴沥，在树丛中酝酿逝去的记忆，很有点历史的风味。马鞍山上村废弃的时间，大概不会太过久远，也就是二三十年前的事，马鞍山铁矿封闭了，矿村的居民也就三三两两散去，只留下寂寞的屋宇，默默守望着随风飘浮的花香。

从马鞍山村上行，经过一片矿场废墟，看到四五个中年人摘采野菜。原先以为是荠菜、野苋菜、鸡屎藤之类，过去一看，不是，是墨绿色的植物，菜叶十分鲜嫩厚实，叶丛附近还有一些小白花。问是什么，说了一个土名，没听懂，又解释说是枸杞一类的植物，煲汤极佳，对身体好，大补。看他们采得满手满怀，满脸微笑，想来一定在感谢春天的恩赐，在荒山野岭奉送成片的补品，至少可以煲上一个星期的青春大补汤。

四五年前爬马鞍山，曾经沿着麦理浩径，翻过大金钟(Pyramid Hill)，又攀登了牛押山，绕了一大圈，走得精疲力竭，才到达西贡。后来就怕了，每次避开大金钟，挑了条比较好走却依然是风光绮丽的山径，从大水井下山，一路瞭望着西贡海湾星罗棋布的岛屿，以及岸边星星点点的舟楫，经菠萝峰到西贡。然而，心里总是怀念着山顶上罡风的呼唤，也难忘走在山脊上带点刺激的快感，可以东张西贡湾，西望吐露港，好像自己逐渐进入"我欲乘风归去，又恐琼楼玉宇，高处不胜寒"的诗境，陶醉在山巅耸峙的氛围，好像自己成就了一番登山事业，不输珠穆朗玛峰归来的好汉。

于是，在初春时节，我们翻过了大金钟，走向马鞍山峰峦的深处。出乎意料的是，正好赶上了野杜鹃盛放的季节，山坡上丛丛簇簇，绽放粉红色有点泛白的花朵，一副恬静的神态，在风中摇曳着野性的妩媚。在荒野中看到丛丛山杜鹃的感觉很奇怪，不仅是意外的惊喜，还有一种诡谲的神秘意味,好像上苍造物,把蛮荒的美丽藏在深山幽谷,有意避开世人伧俗的追求。在深山里,花开花落几度春,无声无息又一年。我们生活在山脚下,却从来不知道,山里还隐藏着如此秀丽的野花,像若耶溪畔浣纱的西施,何况还是丛丛簇簇,漫山遍野绽放。上一次行山经过此地,是隆冬时节,虽然并不特别寒冷,可是山风吹过,衰草瑟缩,完全不是眼前这样的春萌景象。有人高声唱了起来,唱的是登山号子,虽然有腔没调,却高亢欢畅,像是对着山杜鹃宣誓,明年今日,我们还要来看你。

　　攀上吊手岩的时候,愕然发现,吐露港的全景,从沙田海到吐露港,迤逦延伸到大赤门海口,居然一览无余。再往北望,是绵延的八仙岭与广阔的船湾水库。苍翠的山峦交叠,映照波澜浮动的吐露港和一平如镜的船湾,光影动静相为呼应,实在是令人难忘的秀丽风光。吊手岩是一大块凸崛的山岩,下临深谷,很有些气势。在古代的话,可以在此建筑堡寨,让坐镇在马鞍山城寨里的山大王安枕无忧,大碗酒、大块肉,快快活活过着强人的日子。兴致来时,就顺着吊手岩对面的山坡,东下西贡的村庄,打家劫舍,抢几个漂亮的民女,上山做押寨的侍妾。官兵加紧防卫,驻军镇守西贡的时候,就转移阵地,沿着吊手岩的西北侧,骚扰马鞍山的居民,掳掠些牛羊与粮食,胡天胡地,不亦快哉。

忽然听到行山的伙伴齐声大叫,喂,你发什么呆,叫了半天都没反应。动身了,下山去了。

杭州行脚

玉泉观鱼

到浙江大学演讲，住在玉泉校区的浙大招待所。一位老杭州请我喝茶，要开车来接我，问我下榻的酒店，答曰灵峰山庄。他说什么灵峰山庄，假的，是学校假借了别处的雅舍美名，冒名顶替的。我带你去真的灵峰，那里的山庄才是素雅幽静，还有清泉一口，可以喝茶的。

于是，就开着车来了。不到三分钟就到了玉泉植物园，停好车，说真正的灵峰山庄就在植物园后山，走一走就到了。我突然想起，这地方我以前来过，是个冬天，绰号"昆曲巾生魁首"的汪世瑜带我来探梅。没错，是灵峰探梅，十分有名的景点，到了寒梅绽放的时候，远近都来观赏梅花，真是人面梅花交相映，热闹不亚于西湖的断桥。夏天却幽静，除了我们前来喝茶，四处阒无人迹，只见苍翠的林木映

着低缓的山峦,听到淙淙水声,引诱你走向山林深处。沿着潺潺溪水,转了几个弯,看到山坡上有几重屋宇,隐在古木树丛之间,一条覆盖了青苔的石阶蜿蜒而上,院落外面围了半堵石墙,上面四个大字:灵峰探梅。朋友说,是这几年新修的,因为老的灵峰禅寺早就坍塌了,而且还兴废过好几次。我后来查了查明代田汝成的《西湖游览志》,其中说,"灵峰寺,故名鹫峰禅院。晋(后晋)开运间吴越王建,延伏虎光禅师居之,舍田数千亩,度僧数百。……寺内有翠微阁、眠云堂、洗钵池,幽僻岑寂,游人罕至。"

我们登上石阶,进了院门,四下悄无人声。朋友高兴得很,说,多么幽静,多么好的地方,山静似太古,喝茶度小年。走近一看,不妙,真是阒无一人,茶居门窗紧锁,桌椅都已搬空,早就歇业了。想来是游人罕至,没生意可做,关门大吉。我们在四处逛了逛,发现这处半山腰的庙址的确优美,但太过空寂,只适合修身养性的出家人居住,偶尔有几个雅士前来,喝喝茶,谈谈禅,可以阅金经、弹素琴。开成茶馆,想着利润,等着客人光顾,那是非倒闭不可。后山喝不成茶,朋友说,到前山玉泉观鱼那里,可能有茶喝,还可以看鱼,很大的鱼,黑黝黝的,有潜水艇那么大。

玉泉观鱼是西湖十八景之一,我却从来没去过。张岱

《西湖梦寻》里说，这里有玉泉寺，旧名净空院。古时有个老和尚在这里说法，连龙王都来听讲，听得高兴，为之拍掌，就有泉水涌出，泉水洁白如玉，就是玉泉。张岱来观赏的时候，水色清澈澄明，一望见底，"中有五色鱼百余尾，投以饼饵，则奋鳍鼓鬣，攫夺盘旋，大有情致。……春时游人甚众，各携果饵到寺观鱼，喂饲之多，鱼皆餍饫"。我们到了观鱼的所在，长方形的水池，围以铁栏，墙上有块石刻匾额，上书"鱼乐园"，池中有十几条黑色大鱼，每条大约一米多长。我说这鱼不小，朋友却闷闷不乐，说他明明记得，小时候来看到的鱼，要大得多，而且也多得多，像潜艇舰队一样。难道是自己当时人小，看什么都大？

围栏旁边稀稀拉拉，有几家人在扔饼干和玉米，引得鱼群翻腾抢食，溅起不少水花。有对母女在我们旁边喂鱼，十五六岁的女儿嘟着嘴，意兴阑珊，喂得不怎么起劲。那母亲跟朋友聊天，说是从天津来的，因为小时候跟父母来观鱼，看过金黄色的大鱼，印象深刻，几十年都没忘，所以跟女儿说了，专程带她来观鱼。谁知道眼前这群鱼，跟记忆中的不同，女儿很失望，她也不知是否自己记忆有误。朋友听了，连声嘿嘿，似乎有点无奈，说以前池里有大鱼，好像红的、花的、黑的都有。

1921 年的《西湖新志》上说，玉泉有"翡翠鱼，长约尺余，咸丰时有三尾。近存其一，潜伏池底，偶然游泳得一见之。乾隆御题已有翡翠之名，盖三百年物也"。也许，朋友小时候见过这条年事已高的翡翠鱼，难保老鱼受不了"文革"的折腾，登遐化龙了。历经了四十年的沧桑，小时候的记忆，难说。

云栖大和尚

新西湖十景之中，有"云栖竹径"，在杭州西南山峦深处，离一般游赏的西湖景区很远。很早以来就听说，云栖竹径是幽深清静的山径，远离尘嚣，是行山的好去处，可惜太远，公共交通到不了，也就始终没去。今年春天到浙江大学讲学，朋友大戚问我要不要到山里走走，他有一辆越野车，跑山路很方便的，于是就去了云栖竹径。的确是好地方，满山都是翠绿的毛竹，一阵风吹来，无穷无尽的青翠，就从四面八方拥上来，像竹叶的海浪，波涛汹涌。跟我原来想象的不同，竹径不但不狭隘逼仄，居然还是石板铺就，宽敞得很。一路上有泉水、池塘、上千年的古枫树、老樟木，还有好几个碑亭。大戚说，康熙、乾隆下江南，来过这里，都立过碑，大概是"文革"当中都砸光

了。走着走着，看到一片隙地，紧靠着山坡，还有一座不怎么起眼的水泥墓。走近了一看，墓碑上写着：明袾宏佛慧莲池大师墓。右侧题字说，一九九四年六月重建，左侧下方还有两行小字，是立碑人的名号：信徒黄佑成、黄杨淑景（台湾嘉义）。

莲池大师！这不就是明末四大高僧的云栖袾宏吗？著有《竹窗随笔》、"二笔"、"三笔"的佛慧莲池大师，是我一直景仰的，怎么从来没跟云栖竹径连起来呢？想来是因为杭州宣传西湖景点，从来不提袾宏，从来不提这位生长在杭州的一代高僧。这条山径原来是通往云栖寺的，在明末重兴寺院之后，一直都称作云栖梵径，康熙与乾隆前来，也是冲着佛门胜迹而来，不是来行山的。现在改了名，"梵径"改成"竹径"，不只是俗世化，也跟着政治正确了，只可惜抹去了历史文化的记忆。还得感谢台湾嘉义的这对黄姓夫妇信徒，千里迢迢，从台湾南部老远来到杭州，重修了莲池大师的墓圹，虽然有点简陋，虽然不是原来的古迹，但还是聊胜于无，联系起了我们历史文化的记忆。

莲池大师本姓沈，名袾宏，杭州人，是书香门第的儒生，结过两次婚，后来才出家为僧。高僧结过两次婚的，恕我孤陋寡闻，大概不多。他第一次婚姻就遭遇不幸，妻子生子夭折，自己也死了。第二任妻子是奉父母之命娶的，按照憨山德清塔铭的说法，则"不欲成夫妇礼"，从未同过床。有一年除夕，他要妻室点茶，端上桌时，茶盏突然裂了，袾宏就笑着说，"因缘无不散之理。"第二年就决定出家，与妻子诀别，说，"恩爱不常，生死莫代。吾往矣，汝自为计。"妻子的回答是，"君先生，吾徐行耳。"也跟着出家，做了尼姑。夫妻离散，本来是人间悲剧，袾宏出家的故事却成了人间喜剧，佛门传奇。他还写过一首《一笔勾》，即是把世间情爱一笔勾销："凤侣鸾俦，恩爱牵缠何日休？活鬼两相守，缘尽还分手。嗏，为你两绸缪，披枷带杻。觑破冤家，各自寻门走。因此把鱼水夫妻一笔勾。"

袾宏一共写过七首《一笔勾》，把父母、夫妻、儿孙、功名、富贵、文章、娱情，全都一笔勾销了。佛家出世讲"生死事大"，追求的是超越性的真理，因此四大皆空，与儒家讲的"立德、立功、立言"三不朽大相径庭。袾宏勾销富贵，重点在放弃房地产，大概是香港人最听不入耳的："富比王侯，你道欢时我道愁。求者多生受，得者优倾覆。嗏，淡饭胜珍馐，衲衣如绣。天地吾庐，大厦何须构。因此把家舍田园一笔勾。"

杭州西湖最近被联合国定为世界文化遗产，修复了历史古迹,提倡文化旅游。我建议修复莲池大和尚的遗迹,不过,也希望杭州旅游局不要心血来潮,以"结过两次婚的高僧"作为宣传的噱头。

福州行脚

三坊七巷小黄楼

　　最早听说福州有三坊七巷，是十来年前。那时我正研究明清园林，也对江南古镇及各地古民居坊巷面临的拆迁问题十分关心。有朋友告诉我，福州城中过去精英聚居的地段，那些深宅大院与亭台楼阁，经历"文革"的摧残，凋零的凋零，颓圮的颓圮，废置的废置，早已不复当年辉煌的岁月。更惨的遭遇，是"文革"后期，你占领一片前厅，我控制半区后院，他就在花园一角搭起铁皮房屋。为免侵犯他人领地，便划地为界，砌砖围墙，把原来精心构筑的园林宅院，五马分尸似的，切割成小块小块的革命成果，建设了浩劫之后具有中国革命特色的贫民窟。改革开放的新机遇，促成旧城改造与房地产开发的结盟，就听到风声，说要拆除三坊七巷，建起媲美香港的高楼大厦。拆除明清古建筑,瞎盖一批钢筋混凝土,以现代化为口实,完全不顾及历史文化传承,抹杀传统建筑的人文情怀,是我坚决反对的。因此,虽然还没搞清楚,三坊七巷是哪三坊哪七巷,已经跟随内地关心古建筑民居的朋友,大声疾呼,像喊口号一样,到处呼吁:抢救三坊七巷! 捍卫福州文化传统! 保护民族文化遗产! 中华民族已经到了最危险的时刻,每一个人都应该发出最后的吼声,关心民族文化的存亡。

因为关心三坊七巷,也就去找了资料,弄清楚是哪三坊,是哪七巷。原来这块地段在福州鼓楼老区,地处乌山与西湖之间,唐宋元明清都属于高级住宅区,是世家显贵聚居之处。三坊是衣锦坊、文儒坊、光禄坊,光听听这些名称,就可以知道,住的是些世家贵族,大多数是科举扬名、飞黄腾达、衣锦荣归之后,回到家乡大兴土木,建起的深宅大院。衣锦坊出过写《东莱博议》的吕祖谦;文儒坊出过"七科八进士,三代五尚书"的林瀚家族、担任过台湾总兵的甘国宝、"七子皆科甲,三世四翰林"的叶观国家族、清末名臣陈宝琛、民初学者陈衍、民国报人林白水;光禄坊及其隔邻,出过"程门立雪"的杨龟山、晚清名臣林则徐、翻译大师林纾、现代文学家郁达夫。郁郁乎文哉,真是不胜枚举。

七巷是杨桥巷、郎官巷、塔巷、黄巷、安民巷、宫巷、吉庇巷,听来似乎并不显赫,却在此发生过许多轰轰烈烈的历史故事,而且各有其命名的传说。唐代黄巢造反,从山东河南,一路杀过长江,经江西、浙江,攻占了福州。据说,他驻扎福州期间,少不了烧杀抢掠,但是,经过黄璞居住的街巷,因为钦仰黄璞是著名诗人,曾下令"此儒者也,灭炬弗焚",黄巷才得以保存,并因此而称为黄巷。还传说黄巢军队经过安民巷口,出示了安民布告,所以,巷名"安民"。唐末五代期间,王审知占据福州,受封为闽王,扩建福州城池,保境安民,大兴文教,维持了地区的稳定繁荣,当时人建了育王塔,表彰文运昌盛,因此而有塔巷。王审知死后,他的儿子僭称帝位,国号大闽,为王后陈金凤建了宫苑,该地后来就叫作宫巷。

明清以来的七巷,人才辈出,科第辉煌不亚于三坊,如陈梦雷(杨桥巷)、李馥(黄巷)、陈寿祺(黄巷)、梁章钜(黄巷)等人,不但位高爵厚,也都是文章巨公。在清末到民国期间,更是出了不少名人,如郭柏荫(黄巷)、沈葆桢(宫巷)、林则徐的儿子林聪彝(宫巷)、严复(郎官巷)、王仁堪(黄巷)、萨镇冰(黄巷)、林长民、林徽因父女(塔巷)、林觉民(杨桥巷)、谢冰心(杨桥巷)、郭化若(黄巷)、邓拓(宫巷)等等。早在明末时期,天主教传入中国,福州宫巷的"三山堂"教堂就是福建传教的基地,艾儒略(Giulio Aleni)应邀来福建,曾在此讲道二十多年,并与闽中士大夫十分投契,不但与叶向高、张瑞图、何乔远、徐㷍等名士交往密切,而且在福建各地广收教徒。毕方济(Francesco Sambiaso)也在明清改朝换代之际,来到福州,在南明隆武帝的礼遇之下,扩建了"三山堂",进一步推展了天主教的传播,直到清兵控制福建为止。

让我觉得特别有趣的是黄巷。短短的一条巷弄,从清末到民国,出过这么多人物,而且一家接着一家,争奇斗艳似的,你家出个举人,我家就赶紧出个进士,他家就出翰林。或许是世代簪缨,家庭教育有方,人才就可以辈出,造成整个社区的蓬勃发展,从明清一直辉煌到民国期间。所以,到福州,就先到黄巷去参访。

黄巷最精彩的院落是小黄楼,庭院深深不说,曲折婉转之中,还包藏了两座小巧玲珑的花园,让人在赞叹厅堂宏伟壮观之余,有突然惊艳之感。现在修复的小黄楼,其实合并了原来的两家宅院,一是梁章钜(1755—1849)在道光年间回福州养病,修葺旧居而成的黄楼,二是陈寿祺(1771—1834)所建的寓所与小琅嬛馆藏书楼。两处院落经过文物保护单位整修之后,合并起来,有着极为精彩的幽静园林,隐蔽在墙垣之后。穿过重重厅堂,弯过曲折的小径与角门,天光云影映照着古木清潭,以小见大,像山水画的深远幽邃,可以思念宇宙之无穷。我不禁感叹,古代福州造园工匠叠山理水的设计巧妙,其纤微细腻的审美构思,比之苏州园林,有过之而无不及。

我过去所熟悉的梁章钜,是书本文献里的学者。读过他写的几种笔记,如《归田琐记》《浪迹丛谈》《浪迹二谈》《浪迹三谈》《楹联丛话》之类,对他个人没有感性的认识。看到他经营的屋宇房舍,走过一间间厅堂内室,再伫立在他休憩的"知鱼乐处"小园,好像逐渐认识了这个人追寻的情趣,也似乎能够体会他写的《归田》一诗:"人间清福是归田,消受还宜静者便。最可发人清醒处,水精域与蔚蓝天。"

陈寿祺在梁章钜修葺了黄楼,并赋诗言志之后,和了一首《黄楼诗和茞林方伯》:"黄巷门庭忆德温,黄楼新构面梅轩。但教地踵兰成宅,何事名争谢傅墩?白社人开九老会,绿杨春接两家园。买邻百万因公重,付与云仍细讨论。"自注:"余宅与藩伯隔垣,前后亦有两小楼,然不如公文采风流远甚,愧无以张之也。"一方面是说自己有幸住在梁家隔壁,可以借此得到德行的辐照,另一方面则赞誉邻居的文采风流,有园林院落如此,后辈可以传为佳话。陈寿祺还有诗,写自己藏书十余万卷的藏书楼,《小琅嬛馆》:"不读楞严礼玉宸,缥缃充栋可安身。买来万卷皆清俸,不许儿孙更借人。"建了屋宇藏书,书香满室,花的都是辛辛苦苦的俸金,干干净净,还警告儿孙,不准借书给外人。

不过,这都是往事了。不管是梁章钜的厅堂园林,还是陈寿祺的缥缃十万,早已随着时代的变动,成了过眼云烟。好在文保工作抢救了一些残迹,让我们还能依稀揣摩过去的文采风流。

仓山雨中行

为了探索法国文豪克洛代尔(Paul Claudel,1868—1955)在福州的踪迹,在清明时节,我到了福州城南的仓山。这片俯瞰闽江流过山脚的冈峦,在清末的时候还很荒凉,山坡上除了开垦的田地,就是散布到处的坟茔。福州是鸦片战争之后五口通商的口岸,欧美的商人与传教士很早就来到此地,却发现难以驻足在士绅聚居的城中,更谈不上发展了,于是,退而求其次,来到闽江南岸的仓山,盖了不少洋楼,有教堂,有领事馆,当然还有洋人居住的宅院。1897年前后,克洛代尔来到福州,担任法国领事,就住

在仓山上的法国领事馆。

多年来我一直询问福州的朋友，当年的法国领事馆还在吗？回答都很模糊，偶尔有老福州会说，以前是在的，后来给圈进海军大院，不让人进去，存亡莫卜了。直到前两年，在一场国际会议上遇到了一位福建师范大学的老教授，说他的一个学生，博士论文就是研究克洛代尔的，曾经考察过这位法国领事在福州的行踪，不过也进不了海军大院。法国的克洛代尔基金会也有人来过，按照克洛代尔的著作，一厢情愿，画了一张十分仔细的地图，想要按图索骥，也只能望海军大院而兴叹。他说，你来福州，我叫学生带你去考察，在仓山一带走走，即使找不到法国领事馆，至少可以体会一下当年洋人生活的环境。

也许今年的清明不想辜负杜牧的诗意，一大早就纷纷下起雨来，平添几分寻觅历史遗迹的凄清。经过了一百多年，仓山早已不复旧日模样，但是改革开放的步伐毕竟还没登上这片山峦，所以，除了海军大院盖起了十几二十层的大楼，仓山一带还基本保持五六十年前的格局，有着民国时期的风味。在霏霏细雨中，我们沿着山坡，高高低低，穿行在石墙与古树之间。粗犷岩块砌成的高墙，长满了苔藓，在岩面上镂刻了时间的沧桑。雨中的大榕树，至

Paul Claudel

少也有上百岁的年纪了，须发从粗壮的枝干垂下，让人想到昂啸的战马，驰骋在时间的原野，苍古之中有着无限勃发的气势。参天的香樟树，黝黑的树干与枝丫萌生了新发的枝叶，在雨中展示出丛丛簇簇轻灵嫩绿的春意。雨雾朦胧之中，似乎回到了百年之前，回到克洛代尔跋涉在山坡上的情景。

在克洛代尔的笔下，当年的仓山，有着无数的稻田和橘林，散布着几个村子，村口都有一棵大榕树："村口，在一群谦逊的族人簇拥下，榕树像个老族长，披着一身浓密黝黑的叶丛。人们在他脚下，建了一座祭祀台子，在他心窝里和枝干分叉的地方陈放着祭坛和一个石人。他是这整个区域的见证，他用无数须根紧紧地缠绕着大地，永远待在这里。无论他的影子转向何方——也许是他单独跟孩子们一道，也许全村的人聚集在他长长的虬曲的树荫底下——淡红色的月亮总会透过他的叶间的拱形缺口，洒下一片清辉。"他还发现，步行在仓山的小径上，感觉到光影在大自然中的移动与变化，有一种庄严的气氛，让他在跋涉途中，舍不得离开山坡上的美景："我看了心里欢喜，我懂得这一切。这座即将走过的静静的桥，这些就要上下的山冈，这座就要跋涉的涧谷，在那三棵松树之间我已经瞥见了陡峭的山岩,现在我得在此驻足片刻,好尽情观赏白日之终结。"

在迷蒙的雨雾中,我们从山顶俯瞰闽江。穿过山脚新建楼宇的缝隙,可以看到片段的江景,以及重建的万寿桥(现已改名解放大桥),也可以远眺高楼林立的现代化福州。虽然时过境迁,无法寻觅克洛代尔在仓山上确实的踪迹,但是,环绕着仓山的高墙古树,以及一些即将倾圮的古旧洋楼,包括当年的海员俱乐部,可能是法国领事馆的楼宇,走着走着,似乎时光倒流,就在蒙蒙细雨中,回到了克洛代尔文学想象的世界。

镇江行脚

天下第一泉

这一汪乌青色的池水，带点诡秘的深沉，水面上像是覆盖了一层灰色的薄膜，阻挡了天光云影的徘徊，让你摸不透底细。的确有好几个泉眼，咕嘟咕嘟由池水深处上涌，制造了一些涟漪，也引发一些疑惑。这就是唐宋时期文人墨客盛赞的中泠泉？所谓"扬子江心水，蒙山顶上茶"的天下第一泉？

跟我一道来访的朋友，包括金山公园管理处主任，似乎都不太自在，好像感到这一池乌青不太给面子。人们说到泉水，总是先联想到清澈、晶莹、明亮、爽透，明月松间照，清泉石上流，是一种爽朗透彻的意境，是让人心灵净化的泉源。眼前这一汪池水，虽然还说不上闻一多的"这是一沟绝望的死水"，但是，天下第一泉的卖相，总不该如此吧？就有朋友相当疑惑，问主任说，前几年好像池水还清澈的啊，怎么现在混浊成这样了？主任说，前几年清理过一次，泉眼都还透彻，不知道为什么，很快就淤起来了，恐怕跟生态环境改变有关，不好处理。你看，这长江北移，金山附近都围成一个内陆湖，发展湖光山色休闲游乐区了，中泠泉一定受到影响。你们还没往井栏的侧面看呢，这片竹丛后面盖了大宾馆，谁知道会不会阻碍泉水的地下水脉？我们这才注意到，竹丛后面真是隐藏了个大宾馆，像一头怪兽，虎视眈眈，想要吞噬池水周遭的青绿。

来到镇江，我就跟朋友说，金山寺旁有个中泠泉，自从晚唐以来就盛称为天下第一泉。本来是在扬子江心的，几百年前因为长江北荡，南岸淤积，成了陆地，有一段时间失踪了。到清末又在南岸的淤积地涌现，既然泉水还在，值得瞻望一番。于是，就乘了船，荡漾过沿岸秀丽的风光，来到这片已经淤积了几百年，形成了半岛的地块。远远望去，中泠泉周遭的风景还是不错的，十米见方的水池，围上汉白玉的井栏，大概是清光绪年间状元知府王仁堪所建，旁边还有亭有阁，更有苍松翠竹，自成一片清凉天地。井栏的当中，有块石圖，上刻"天下第一泉"五个大字，笔势遒劲，很有点米芾写"第一山"的韵味，石圖左侧已经剥裂，写着"光绪癸巳五月闽县王仁堪题",也就是 1893 年初夏题的字。这个王仁堪(1849—1893)很是个人物,出生于福州三坊七巷的黄巷(据《三坊七巷志》),光绪三年(1877)中了状元,曾上疏进谏,反对慈禧太后修建颐和园,被外放到江苏,任镇江知府,因为政绩卓著,调任苏州知府,却积劳成疾,才半年就死在任上,享年不过四十五岁。士民怀念他的功绩,在金山冷泉(即中冷泉)旁建祠堂纪念。我很怀疑,眼前所见的亭台楼阁,前身就是王仁堪祠堂,才能有今天这片小小的宁静。

天下第一泉的称号,在中国有好几个,如北京的玉泉、济南的趵突泉,不一而足。然而,要说得古远一些,在清朝以前,则"扬子江心水"的中冷泉,是比较脍炙人口的。今天的中冷泉旁,立有一块石碑,还有新建的观光标柱,都说"天下第一泉:原在江心,名中冷泉,在万里长江中独一无二。近百余年来,逐随金山登陆。唐代著名品茶专家陆羽、刘伯刍评此泉为天下第一"。其实,这个官方说明有误导之嫌,很有问题。我在《喝茶要择水》一文及《茶道的开始》一书中,仔细分析过陆羽和中冷泉的传说关系,明确指出,陆羽从来没说过中冷泉是天下第一泉。说中冷泉是天下名水第一的文献,始自晚唐张又新的《煎茶水记》,列

举了两张名单，其一是刘伯刍认为中泠泉是天下第一，其二是陆羽认为庐山康王谷水帘水是天下第一。张又新所记，被欧阳修痛斥为"妄说"，还骂张又新为"妄狂险谲之士，其言难信"。且不管张又新的说法难信不难信，至少他从来没说陆羽认为中泠泉是天下第一，也不知如何一来二去，民间就把陆羽扯进来了，真是一笔糊涂账。

中泠泉是否天下第一泉，可以暂且不论，至少是个有趣的历史传说，更是风景优美的古迹，让人流连怀想，联系起古今山河变异的沧桑。还希望地方领导在围湖截流、打造金山观光景区的过程中，不要施行"改天换地"的大计，破坏了中泠泉这片青葱宁静的风雅小天地。

满眼风光北固楼

中学的时候，我是个热血青年，矢志做一个顶天立地的汉子，造福天下苍生。第一次听到张载的名言，"为天地立心，为生民立命，为往圣继绝学，为万世开太平"，真是热血沸腾，头脑发涨，引为神交知己。格于六十年代台湾仍是戒严时期，弥漫反攻内地的口号，我们这一代青年，成长于封闭环境与白色恐怖气氛，视野相当有限，爱国情操与民胞物与的胸怀，只能在古典文学中找到共鸣，特别喜欢诵读南宋爱国诗人陆游与辛弃疾的诗词。像陆游《书愤》的名句:"早岁那知世事艰,中原北望气如山。楼船夜雪瓜州渡,铁马秋风大散关。"像辛弃疾《南乡子·登京口北固亭有怀》前半阕:"何处望神州,满眼风光北固楼。千古兴亡多少事,悠悠,不尽长江滚滚流。"读来有一种奋发昂扬的感召,好像自己融入了民族兴亡的大业,与古代诗人同声相应,同气相求。至于瓜州在哪里,京口在哪里,北固亭是个什么模样,古人在京口北望神州的环境如何,则难以想象,只当作一种文学象征,成了带着几分晦涩的历史典故,呼唤着心底的追求与向往。

不久前造访镇江,朋友老王问,是否抽空游览一下北固山,上面建有甘露寺,有刘备招亲的展览。听到北固山,我耳朵都竖起来了,啊,北固山,满眼风光北固楼。镇江古名京口,站在北固山上北望,不尽长江滚滚向东流,大江对面就是江北的瓜州。刘备招亲的故事虽然有趣,但京戏看多了,已经成了消遣闲暇的娱乐,吸引力不大。真正打动我埋藏心底的向往,是北固楼的满眼风光,是我青年时期无法描摹的"中原北望气如山"。于是,我们就去了北固山。

《读史方舆纪要》记镇江,说北固山:"北固山在城北一里府治后,下临长江。自晋以来,郡治皆据其上。三面临水,回岭斗绝,势最险固,因名,盖郡之主山也。"镇江古名京口,因为三国时期孙权建立东吴,最先是以此地作为京城的,后来迁到建业(南京)定都,就把此地命名为京口镇。晋代以来就在北固山上建有北固楼,南朝梁武帝萧衍在大同十年(544)曾经登临,感到风景壮观,改名为北顾楼。南宋时期镇守京口的陈天麟重建北固楼,并有1169年的碑记,写到神州沦陷,朝廷因循苟且,国势颓败,不禁借古讽今,感慨之中充满了收复中原的冀望:"夫六朝之所以名山,盖自固耳。其君臣庆庆若九泉下人,宁复有远略? 兹地控吴负楚,襟山带江,登高北望,使人有焚龙廷、空漠北之志。神州陆沉殆五十年,岂无忠义之士,奋然自拔,为朝廷快宿愤,报不共戴天之仇,而乃甘心恃江为固乎? 则予是亭之复,不特为登览也。"

陈天麟在南宋时期发出的感慨,距宋室仓皇南渡将近半个世纪,离岳飞被害风波亭大约二十多年,虽然南宋朝廷已经过上了"山外青山楼外楼,西湖歌舞几时休"的承平日子,恢复中原的向往仍然是历史的召唤,还飘浮在人们心中。陈天麟来到北固山,不禁想到晋室东渡之后新亭对泣的故事,题写这篇碑记,不啻明白引述历史典故,学东晋宰相王导的愀然变色, 批评当时那些得过且过的朝廷

官员："当供戮力王室，克复神州，何至作楚囚相对？"所以，重建北固楼的意义，不特是为了登临览胜，而是由此北望中原，兴发光复神州的志愿，驱逐鞑虏，踏平漠北，一雪靖康之耻。

北固楼的满眼风光，自古以来，就不只是眼前的风光，而是千古江山的盛衰，从孙权到南朝的君臣，到南宋的有志之士，看到滚滚长江东逝水，就不禁想到天下大势的分分合合，想到家国的离散，以及兵燹中故园的桑梓。又过了三十多年，辛弃疾镇守京口，写了不少呼应陈天麟号召的诗词，其中的《永遇乐·京口北固亭怀古》，一开头就说，"千古江山，英雄无觅，孙仲谋处。舞榭歌台，风流总被，雨打风吹去。"然后就联想到，南朝宋武帝刘裕是一代豪杰，曾经住在京口，也曾带兵北伐，驰骋中原，"想当年金戈铁马，气吞万里如虎"。可惜恢复中原的大计始终没能完成，也让辛弃疾感慨自己是老骥伏枥，虽然像廉颇一样壮心未死，却无法挥兵北上，复仇雪耻。

到了北固山，发现地势的确险固，是突入长江浪涛的一道山岬。沿着山脊的仄径上行，左望是丛芜蔓生的隰地，右望是广阔的波涛。其实，从前都是汹涌的滚滚长江水，明清以来江水冲击北岸瓜州，南岸反而淤积起来，水势也显得平缓。爬到半山腰,围墙堵住了前路,原来是在修建北固楼,上不去了。老王大呼可惜,说无法登临北固楼,绕到山下看看新修的栈道吧,还是可以北望的。

沿着北固山下,临江修筑了栈道。我们凭栏北望,却看不到瓜州,只看到长江北岸耸立了两座摩天的烟筒。老王说,那是瓜州的发电厂。

镇江肴肉

在镇江,老王一早就开着车来,说走走走,吃早饭去。大清早的,吃什么?吃锅盖面、蟹黄汤包、肴肉。听到这么许多美食美点,不禁口中生津,食欲也勾起来了。尤其是听到肴肉,一切美好的记忆,都集中到味蕾上,像芬芳的栀子花香在口中绽放,顺着咽喉鼻腔,弥漫了脑海。有时候我会想,美味除了刺激味蕾的味觉感官,更蹊跷的是制造幻觉,像写意识流小说一样,穿插着儿时温馨的回忆,以及不知道是什么年纪想象的历史穿越,交叉融合,像大厨调和鼎鼐,烹制一道色香味俱全,却又时而酸甜苦辣的人生历验。

大概是小学三四年级的时候,不到十岁,是什么场合不记得了。父亲带我到台北一家小馆子吃小笼包,点了一客 xiāo ròu。我问，xiāo ròu 是什么？父亲指着菜单上的一道菜，说就是这个"肴肉"。咦，这个字我认得，是菜肴的肴字，念 yáo 啊，难道是破音字吗？父亲说，这是道腌肉的菜式，不用盐，换作硝石的硝来腌制，应该写作"硝肉"，可是硝有毒，人们看到这个字害怕中毒，就改为"肴"字。写是写肴肉，叫起来还是"硝肉"。不一会儿，肴肉上来了，放在净白的瓷碟中，长方形状，像一块块厚厚的骨牌，肉色鲜艳欲滴，又带点粉红色的朦胧。看起来很好吃，有毒吗？会不会像五色斑斓的蘑菇，吃到嘴里甘香无比，等一下就肚子疼了？父亲说，肴肉用硝腌制之后，洗干净的，吃了没事。碟中的肴肉呈胭脂色，粉嫩粉嫩的，上面铺撒一撮鹅黄色的姜丝，切得细细的，像是垂在少女胸前的玉色丝条，充满了诱惑。蘸了佐餐的镇江醋，放进口中，居然像冰激凌那样，化成满口芳香。父亲带着笑问，好吃吧？我顾不得回答，频频点头，永远记住了肴肉的美味。

据说，肴肉创始于三百多年前的镇江，是制作腌肉的过程中出了错，店家把制作火药的硝粉当成盐，第二天才发现，已经腌渍了一个晚上。一块肥肥嫩嫩的大蹄髈，腌了硝粉，吃是不敢吃，扔又舍不得扔，只好洗涮了好几遍，在锅里放进葱姜大料，再多加黄酒焖煮，希望把硝石的毒性煮掉。烹制完毕,看看肉色绯红,香气四溢,可是谁也不敢吃。这时店里来了一个白胡子老头儿,说,这肉好香,给我切上半斤。店家说,老人家你不知道,这肉是上了硝的,可不敢吃。老头儿说,不要紧,配茶吃就没问题。大家都在这里,做个见证,出了毛病没有你的干系。老头儿一边喝茶,一边吃着硝肉,一会儿半斤吃光了,说好吃,不过瘾,把剩下的蹄髈切了,都端上来。大家围着老头儿,看他吃肉,也不知下场如何。谁知道老头儿白胡子一掀一掀,风卷残云一般,片刻就把整个蹄髈吃光了。他放下一锭银两,打了声呼哨,门口跑过来一头驴,老头儿跨出店门,倒跃上驴背,那驴就嗒嗒飞奔而去。店里的人这才醒悟,原来是张果老倒骑驴,神仙下凡了,这肴肉连神仙都爱吃啊。从此镇江人就开始制作肴肉,成了镇江美食的一绝。

坐在镇江西津渡口的饭店里,吃着鲜美绝伦的肴肉,我不禁想,三百多年前,张果老经过这里的时候,正是明清之交,清兵南下,兵燹遍地,老百姓东奔西窜,到处逃难。店家藏的硝粉,恐怕是用来做弹药,抵抗清兵渡江的吧?从西津渡望过去,就是滚滚长江东逝水,浩浩渺渺,江北是瓜州渡,紧贴着史可法率兵抗清的重镇扬州,在历史的烟尘中,还隐隐可以听到人喊马嘶。张果老吃了硝烟浸渍的肴肉,倒骑驴而去,是不忍心听到扬州十日惨烈的悲号,不忍心看到梅花岭上有人祭奠史阁部的衣冠吗?

三百年前的历史硝烟早已散去,临江一溜儿饭铺,生意相当兴隆。人声嘈杂之中,夹着股票行情与房地产买卖,每人桌上都有一碟绯红的肴肉。

宴春汤包

包子上来了,端端正正放在小小的蒸笼里,矜持地发散着热气。看起来有点扁,软塌塌的,像是在蒸笼里睡了一觉,还没醒过来。那姿态当然说不上娇俏,不会联想到美人春睡,却的确是慵懒,像三伏天挥着蒲扇,搬了把竹躺椅,躲在树荫底下午寐的胖大嫂。老王说,这就是蟹黄汤包了,皮薄汤多,瘫在蒸笼里面,站不起来的。我们镇江人有个说法,"放下来像口钟,拎起来像灯笼"。我说,钟可是有固定形状,站着挺硬朗的,武侠小说里总是出现一个情节,一口钟从天而降,把人扣住,怎么敲打也出不来,叫天天不应,叫地地不灵。拿钟来形容软塌塌的汤包,一戳就破,似乎不太妥当,说它"提起来像灯笼",倒还恰当。老王说,你先别批评,吃的时候得小心,至少要注意镇江人的另一个说法,叫"慢慢移、轻轻提、先开窗、后喝汤",否则管保你还没吃到嘴里,汤就洒了一桌子,要不然就烫坏你舌头,让你口腔里面脱层皮。

朋友的警告还是要听的。吃汤包的诀窍,我也略知一二,以前在台北鼎泰丰吃过早晨的小汤包,在上海也吃过乔家栅的大汤包,吃的时候要小心翼翼,带点戒慎恭敬的虔诚,不能像猪八戒吃人参果那样,囫囵乱吞。否则,嘿嘿,后果自负。所以,我轻轻挑起像灯笼一样的汤包,慢慢移到碗里,谨慎地咬开一个小口,先吸了口气,好像打太极拳起手之前,气纳丹田,凝神聚意,然后才凑上前,啜了一小口,嗯,味道好,香喷喷,甘滋滋,再啜一小口,渐入佳境,甜丝丝,滑溜溜,再啜一大口,哎呀,浓郁郁,烫煞煞。虽然已经注意了,但是美味当前,毕竟没有老僧入定的功力,一不小心,还是烫了一下。

镇江人讲到汤包,跟老王绝对脱不了干系,因为是老王卖瓜,自卖自夸,最不服气的是扬州的富春汤包。老王说起来,口气有点愤然:扬州有什么了不起,不就是当年有过盐商,不就是祖上比较阔吗,总把镇江压得喘不过气,拿古代的气势来威慑我们。现在更好了,甚至建一座跨越长江的大桥,连接镇江与扬州交通,按照惯例应该叫镇扬大桥的,也不准叫,非得改用镇江的古名润州,叫润扬大桥不可。

　　扬州人好吹，吹他们的富春茶社，说富春包子如何如何，富春汤包天下第一，其实是徒具虚名，欺负我们镇江人老实。我们镇江的醋不必说了，宴春酒楼的肴肉也绝对是天下第一，就是宴春汤包，也比富春汤包好吃。

　　老王讲的，或许有几分道理。我在十几年前专门探访扬州的富春茶社，吃过名满天下的富春包子，觉得还不错，却不记得是什么原因，没吃到富春汤包。今年再度游览扬州，由当地老饕带到富春茶社老店，专门点了蟹粉狮子头与蟹粉汤包。狮子头滑嫩香糯，确是极品，恐怕太上老君炼丹也炼不出更美味肉丸。可是，那汤包却浓浓的一股猪腥味，臊得很，难以下咽，使我怀疑那天做包子的肉馅，来自一头死猪。总之，对富春茶社的汤包，第一印象十分负面，也就首肯了朋友对他家乡汤包的赞誉。

　　镇江宴春酒楼是老字号了，始建于1890年，门口还悬挂着一副嵌头联"宴开桃李园中一觞一咏，春在金焦山畔宜雨宜晴"。"宴春"之名，就取自对联的头一个字。本地人对宴春汤包自诩不说，还认为镇江是中国汤包的创始地。他们最喜欢讲的历史古迹，就是北固山的甘露寺，说三国时期刘备招亲就发生在此地。刘备去世后，孙夫人悲痛欲绝,在北固山祭江亭祭奠亡夫,用的是肉馅馒头,由于肉馅不足,将肉皮煮烂剁碎,拌进肉馅里充数,就发明了汤包的制作工艺。传说当然不可当真,不过却明确指出,发明汤包的过程,就是在猪肉馅里面掺进比较便宜的肉皮。没想到却造就了令人流连的美味,成了地方美食的一绝。镇江的汤包皮薄,呈半透明状,汤汁饱满,口味鲜甜。有人称之为"灌汤包",其实汤汁并非灌进去的,而是肉馅充满了剁碎的肉皮,蒸热后自然融化成汤汁。

蟹黄汤包讲究加入蟹黄和蟹肉,不但可以提味,也使得口感更为滑润。当地的食家说,真正美味的关键在肉皮剁碎之后,还要加入高汤调味,而调味的用料就是最高机密了。汤包的皱褶要细密,要整齐,看起来像浮雕,收口要捏成鲫鱼嘴的形状,上面填塞了蟹黄,使汤汁不会外溢。放进小笼急火蒸熟,连笼一起上桌,就可以大快朵颐了。别忘了,汤包好吃在烫,麻烦也是烫。吃的时候不能心急,必须按照规矩,"慢慢移、轻轻提、先开窗、后喝汤",放点镇江香醋,其味无穷。

在镇江几天,吃了宴春汤包,觉得自己像苏东坡在黄州吃猪肉那样,舒坦得很。

野生长鱼面

面铺是四开间一溜儿的简易铺面,毫不起眼,夹杂在水电行、杂货铺、烟酒商店、粮油店之中,看起来像是八十年代后期盖的新区,属于那种商铺住家两用楼。铺面上方的招牌倒是挺大,黑地的木条,衬着鲜红的大字,写着:野生长鱼汤面。老王说,到了,到了,就是这家面店,我们有空就专程来的,是镇江最好吃的长鱼面店,吃了就知道了。吃了就知道什么?曾经沧海难为水,除却巫山不是云,此后就不肯到别处吃长鱼面了?

面店临着街,或许是清晨时间还早,还不到八点,街上没有车辆来往,除了我们开来的两辆车。铺子里面却挤满了吃面的食客,人头攒动,就有人端着面,干脆走到人行辅道上,在暮春时节徐徐吹来的晨风里,坐在街心摆就的四五张折叠桌旁,尽情享受一顿丰美的早餐。我们七八个人,虽非西装革履,穿着打扮跟本地食客显然不同,又驾着两辆轿车,大张旗鼓而来,走进面铺,有如外族入侵,引起了一阵小小的骚动。就有好些人端着面碗,一声不响,挪了窝,让出两张桌子,让我们感到很不好意思。莫动,莫动,朋友招呼他们,我们等等就行了。没关系,没关系,就要吃罢了,你们坐。老王告诉我,来这里吃面的,都是本地的乡里邻居,外面的人不会一大清早老远跑来,只为了吃一碗面的。我突然感到,这些乡里乡气的土著,保有淳朴的古风,对外来人谦和礼让,不像有些香港人,浸润于大都会的谲诈风气,以冷漠无情来包装自己内心的恐惧,对外人充满了歧视与毫无来由的忌恨。

面铺主要卖的是长鱼汤面,也可以点长鱼拌面,就是广东人所谓的捞面,配上一碗长鱼汤。环视左右的食客,吃的都是长鱼面。虽然墙上贴的菜单还有猪肝面、肉丝面、腰花面,不过我很怀疑,你真的点了,面铺可能会说今天没有,明天给你准备。制作面食的厨房不小,是开放式的,你可以看到里面有四个人在忙乎。一个六十岁左右的老者掌着勺,眼前两口大铁锅,直径大约半米,里面炖煮的就是褐黄色的长鱼,汤色浓郁泛黄,看来十分美味。另一位中年汉子,身边的铁锅更大,直径有一米,是煮面用的。我先是不懂煮面锅为什么要那么大,后来看他下面,可以同时煮五六个面团,才醒悟这是为了效率,以供应嗷嗷待哺的食客。还有两个人在里面打下手,下单、配料、装面,忙得不亦乐乎。

长鱼是镇江本地对黄鳝的叫法,是淮扬地区的方言,形容得倒很恰当。黄鳝又细又长,和一般的鱼类形状不同,体态介乎水蛇与泥鳅之间,却又婀娜苗条多了,可以参加选美活动的。其实,鳝鱼这个名称,念起来容易,写起来却很麻烦。你查查古汉语词典,就会发现,鳝鱼这个 shàn字,有五种写法,蟮、蟺、鳝、鱓、鱣,指的都是鳝鱼。前两个字,是虫字旁,可以兼指蚯蚓与黄鳝。后面三个字,"鳝"是后起字,在上古时期是没有的。"鱓"字出现在《山海经·北山经》:"其中多滑鱼,其状如鱓。"郭璞注说:"鱓鱼似蛇,音善。"《淮南子·说林》:"今鱓之与蛇,蚕之与蠋,状相类而爱憎异。"《韩非子·说林》则说:"鱣似蛇,蚕似蠋。"可见古人说到黄鳝,用的字是"鱓"或"鱣",而且很清楚知道它的形状像蛇,发音是"善"。

且不管它叫鳝鱼还是长鱼,我那天吃了一大碗滋味隽永的长鱼汤面,还吃了别人匀过来的小半碗长鱼拌面,实在过瘾。镇江人煮的面条有嚼劲,比较接近北方的面条,听说是杠子压揉的,口感实在。长鱼鲜嫩不说,一点泥腥味都没有,只觉得满腔萦回着清风明月、流水潺湲,肉质有弹牙的感觉,却一点也不坚韧难嚼,居然让我联想到辛弃疾的一阕《鹧鸪天》:"山远近,路横斜,青旗沽酒有人家。城中桃李愁风雨,春在溪头荠菜花。"

徐州行脚

徐州汉墓

到徐州讲学，师范大学的朋友说，徐州就是古代的彭城，是楚汉相争之区，也是刘邦发迹兴汉之地，古迹很多，总得安排参观一番。对于楚汉相争的故事，什么刘邦斩蛇起义、项羽自封西楚霸王之类，我们从小就听得不少，知道是在徐州这一带发生的。但是，时隔两千多年，彭城在我们心目中，只是历史记忆中模模糊糊的一个地名，只出现在历史课本与历史剧之中，遥远得很，一点感性知识也没有。朋友说要带我参观周边的汉墓，还说墓中出土了金缕玉衣、银缕玉衣，使我感到，能够进入汉朝人"视死如生"的另一个世界，也就多少能够回到两千年前的历史生活场景，回到汉朝的时空，想象汉朝人生活的具体面貌。

在汉朝建立之后，徐州地区是楚王的封地。这些刘姓诸侯王逝世之后，都有相当壮观的地下陵墓，还陪葬了大量的金银珠宝，引人觊觎。因此，历代都有盗墓集团，挖空心思，以极其巧妙的手段，穿窬入穴，把墓主本来打算在来世享用的财宝，洗劫一空，变成人间流传的珍宝，甚至可能流传到今天，成为古董拍卖场上引人瞩目的珍品。朋友告诉我，据本地考古发掘与调查，徐州附近已经发现了二十二座汉代陵墓，真如古人早就说的，"十室九空"，就算没有全部盗空，也经过了盗掘与破坏，扰乱原来精心安排的墓室布局。

我们参观了徐州附近的三组陵墓：狮子山汉墓、龟山汉墓、永城梁王墓。各处的墓室都非常宏伟，都是硬生生凿进一座石头山，基本上掏空了山体部分，在山陵当中凿出深邃的甬道，直通山体的中心，然后向两侧延伸，凿出主墓室、宴乐厅、各种功用的耳室，如武库室、庖厨室之类。最让人震惊的是，楚王只是一个地区的诸侯王，开凿如此宏伟的地下陵墓，在两千年前，不知要动员多少人工，一锤一锤，从坚硬的山壁上建造出这样壮观的奇迹。不禁想到埃及的金字塔，在沙漠上平地而起，驱使了成千上万的人力，鬼斧神工似的，搬运一块块千钧巨石，堆起一座石头垒成的奇观。汉代的徐州地区，则是凿空了整座石头山，向下发展,建成王侯们死后仍能享受世间繁华的地下宫殿。

这些汉代工匠的手艺十分精巧，百多米长的地下甬道，大约有两米高两米宽，笔直笔直，不差分毫，简直可比现代测量仪器的成绩。有的墓室，特别是墓主的寝殿，修得十分工整，天花板与墙壁呈精确的九十度，比一些粗制滥造的公屋还要合乎现代建筑法规。这么出色的古代工匠，在当时是什么待遇？他们有没有家小，有没有养家的压力与需要？和今天的民工相比，是否也有一定的工资，是否也有假期？至少在冬至或过年的时候，可以与家人团聚？他们是当作技术工人使用，还是当作奴隶驱使，在皮鞭的淫威之下，日夜赶工，一刻也不得休息？在严寒侵袭之际，手掌冻得龟裂，是否还得一锤一锤凿击岩壁？看到地下陵墓寝殿的壮观，只令人感到汉代统治阶级的骄奢淫逸，世间享受了还不够，还要"可持续性发展"，建造如此宏伟的陵墓，到阴间去继续享乐。

汉朝人相信，人死后会生活到另一个世界，所以要厚葬，以免在阴世的生活遭到匮乏。他们显然相信鬼神，也应当相信鬼神会护佑或祟害阳世的活人。可是，我们却看到一批接一批的盗墓者，掌握了高端测量学的技术，费了九牛二虎之力，盗挖了严密封死的陵墓。他们不怕鬼神的报应吗？他们认定了"从来就没有什么救世主，也没有神仙皇帝"，以为鬼神都是迷信吗？还是利令智昏，想到金银珠宝，天王老子也不怕了？

我不禁胡思乱想，这些盗墓贼都是"唯物主义"的实践者。

参观孔林①

从高速公路下来，一直走，不久就进入市区。朋友说，曲阜是个县级市，不算繁荣，现在主要是靠孔夫子吃饭，搞三孔观光旅游。或许因为是冬天，街景十分凄凉冷落。新盖的商店像一群傻丫头，愣愣地站在马路两边，毫不吸引人的招牌就像扎在头上的朝天辫，实在没有可观之处。我心目中的曲阜，孔夫子的家乡，三千弟子在此听他讲学的地方，应该不是这样的，应该在市容上多少有点儒雅之风，起码有点文化气息才行。

老城区有城墙围着，稍稍带点庄严的气势。我们在门洞边上被一位穿红袄的中年农妇拦下，要我们乘她的马车。五十块钱，来回看三孔，先看孔林，再看孔庙、孔府，还

---

① 著者此行由徐州师范大学的朋友所安排，所以此篇仍归入《徐州行脚》。——编者注

跟你一路讲解。我们说，自己走走看看，不需要讲解。她说孔林在城外，远着呢，天又冷，坐坐马车吧。我们禁不住她的恳求，答应了，她就叫过一旁的男人，牵了马车来，让我们一一上车。那匹马倒是长得俊美，马鬃油亮油亮的，剪了个朋克发型，矗立在风中。跑起来也显精神，嗒嗒的马蹄声，清脆而有整齐的节奏，像娴熟的鼓手敲打一段动听的打击乐。我们夸她的马好，农妇高兴了，说是匹母马，十岁了，很听话，家里的收入主要就靠它，夏天的时候马不停蹄，一天跑好多趟呢。

到了孔林的外围，夹道是参天的古柏，有两三个人合抱的，各有姿态，记载着风霜雨露的痕迹，冷眼旁观改朝换代与世态炎凉。路边有些商店，卖点文玩商品，卖朱砂石兼刻印章。妇人跟我们介绍一个老汉，说是她兄长，刻图章的。老汉自我介绍，名叫孔繁某，是孔子的七十四代，曲阜刻印的一把手。然后就开始介绍朱砂石，说是曲阜的一宝，如何如何好。刻枚印章，留作纪念，一对八十五块，很便宜的，从孔林出来就可以取了。再打个折，每人刻一枚，一百六十块。缠不过他，就说好吧好吧，四个人，一共一百六十块，回来给钱。

过了这一关，到了孔林门口，又有一批妇女围上来。穿紫袄的，穿黄袄的，五颜六色的，嚷嚷着要当导游，只要二十块。我们说不要不要，她们就说，有朋自远方来，不亦乐乎？我也用山东土音回答，人不知而不愠，不亦君子乎？她们听得一愣一愣的，像是听到了土话，却似懂非懂，不知我在说什么。用疑惑的眼光看着我，歪着头，身子往后挪，退去了。

孔林占地三千亩，植满了松柏古木，有一股磅礴之气。走在满园苍翠的石板路上，很能感受到夫子门墙的庄严。到了洙水桥，居然又围上一群口吐圣贤之言的农妇，念咒一般，要给我们导游，说说孔子的圣迹。孔子的家乡、孔子的坟、孔子后代的牌坊，好看得很呢。我们不要，她们就跟着缠着，像牛皮糖一样。跟了老远，看看没希望了，才像潮水般退去。

孔子墓园前面有棵子贡手植的楷树，已经枯死了，但还留有树桩，有点像现代的青铜雕塑。周围有好几块碑，其中有一块靠在墙壁，上书大字"子贡手植楷"，很有气势。我贴近看看，旁边还有题款，上面是："袭封衍圣公孔某某、翰林院博士孔某某、南京户部主事某某书、丰县知县上蔡王守身某某"，有些字漶漫不清，最后两个字却是被人硬生生凿去的。下面刻的是："鲁府教授太康刘汝为同、曲阜世职知县孔承业立、嘉靖三十二年春三月十五日吉旦。"

原来是明代地方官员立的碑。谁知身后传来导游的声音，"这块碑，是康熙皇帝写的，是御制碑。"看来曲阜的农妇都"突然文化"起来，不种田了，化身为三孔观光的导游，成了传播孔孟思想的标兵。文化大跃进，也就难免要颠倒历史。不过，从另外一个角度看，传统文化复兴，中国农民站起来了。

参观完孔林，回来取图章的时候，孔子第七十四代说，我刻印刻得快，又多给你们刻了四枚藏书章，再加一百就行。原来孔林外面，还有一家孔家店，欺蒙拐骗也来得的。

羊肉汤

香港人冬日进补，经常吃羊腩煲，放进口味浓重的作料，葱姜豉油，甚或佐以南乳、芝麻酱。北方人口味虽重，也吃红烧羊肉、葱爆羊肉、孜然烤羊腿之类，但说到最常吃的羊肉，还是锅煮或锅涮的原味，其中就有南方人不太接触的羊肉清汤。若要勉强拿香港饮食做个类比，则有点像清汤牛腩，是大众化的烹调，却有精致菜式无法取代的香醇美味。

我这几年到北京，经常住在崇文门东南，靠近夕照寺街一带新建的酒店公寓，虽然住得宽敞自在，却得出去四处觅食。附近有些传统的小吃店,还有一家装修颇为高级的港式茶餐厅,味道却一般,差可果腹。后来发现了一家山东菜馆,门面不怎么样,原来的画栋雕梁已经褪色,油漆都有些剥落了,却生意兴隆。于是,也进去试试。打开菜单一看,菜馆标榜的是山东单县菜肴,鲁西南一带的口味,特别矜夸(也就是日本人说的"味自慢")本店提供的"单县百年羊汤"。问跑堂的,这"百年羊汤"是怎么回事,往上算一百年,岂不是光绪末季,难道是慈禧太后还坐在金銮殿的时候,就已经煮上的羊汤?跑堂说,咱这汤,也不知道是猴年马月开始的,反正一煮上就没停过火,永远咕嘟着,味道香浓,真鲜哪。叫了一碗汤,配上两个"武大郎炊饼",一碟脆黄瓜,一盘葱烧木耳,算是一顿。汤上来了,浓白浓白的,上面撒点芫荽,入口的确是馥郁芳香,完全没有膻味。武大郎炊饼,听来像是骗观光客的点心,其实就是稍微发酵的饸面,做成圆形,蘸点芝麻,在烤炉里现烤的烧饼。与一般烧饼不同的是,虽然不酥脆,却有一种韧劲的香脆,很有嚼头,口感像炸山东馒头片,却不油腥,清爽可口。配着浓郁的羊汤,美美地享受了一餐。

近来到徐州,在宾馆的餐厅吃饭,在菜单上看到一道羊肉汤面疙瘩。问朋友说,试试这个如何?朋友是徐州人,说这是本地的土吃法，愣愣的一大碗，不好招待贵宾的。我说，土菜才好吃，要不然本地人为什么一吃再吃，吃成地方的传统特色土菜呢？朋友拗不过我，点了四道高级菜式之外，又点了羊肉汤面疙瘩。上来了，岂止是一大碗，说碗根本不恰当，应该说是一大瓷盆，三四个人也吃不完的量。浓浓的白汤，热腾腾的，闻起来就香。旁边还配有一碟炒酥的羊油，一碟芫荽。朋友说，你不怕的话，就往汤里加点羊酥油，更香。于是，就往自己的碗里盛，大块大块乳白色的羊肉，一坨一坨淡黄色的面疙瘩，撒上碧绿的芫荽，再加上化成艳红色的羊酥油，真是五颜六色，煞是好看。入口浓香，嚼头厚实，马上就让我想到了山东单县的百年羊汤。

徐州地处四省通衢，紧贴着山东西南，离刘邦斩蛇起义，歌赋大风的地域不远，离单县不远，离英雄聚义的梁山泊也不远。想来，刘邦唱起大风起兮云飞扬的宴会，梁山好汉大块肉、大碗酒的日子，一定也少不了羊肉汤的。喝着这浓郁厚实的羊汤，不禁感到，这才是北方的豪迈，是汉唐气象，与南方细致精巧的品味，大相径庭。

遥想盛唐天宝年间，李白、杜甫、高适遨游到这一带，放鹰驰马，快意江湖，除了炙烤猎取的野味，平日喝的大概也是羊汤居多。李白写过一首《秋猎孟诸夜归置酒单父东楼观妓》,其中说:"骏发跨名驹,雕弓控鸣弦。鹰豪鲁草白,狐兔多肥鲜。"杜甫诗《昔游》说:"昔者与高李,晚登单父台。寒芜际碣石,万里风云来。……清霜大泽冻,禽兽有余哀。《壮游》说:"放荡齐赵间,裘马颇清狂。"《遣怀》说:"忆与高李辈,论交入酒垆。"这些诗中提到的孟诸、单父台、大泽,都在今天的徐州附近,朋友带着我游玩观赏,也到处喝了浓郁的羊汤。假如我的猜想可以证实,单县羊汤馆或许还可以打出"千年羊汤"的招牌。

辑 二

纽约行脚

纽约访旧

离开纽约十多年了,把房子卖了之后,很少回去,也就跟往日的故旧好友少了联系。除了每年写首贺岁诗,向大家道声新禧之外,好像也找不到什么叙旧的机会与渠道。本来是"白日放歌须纵酒"的朋友,因为时空的隔绝,居然都成了潇洒的王勃,挥挥手拜拜,就"海内存知己,天涯若比邻"了。当然,不能聚首,不等于不曾思念。许多老朋友,倒像是老电影令人怀念的角色,在脑海里载浮载沉,时在念中。

不久前舞蹈家江青发了电邮给我,说她最近都在纽约,来了要聚聚。同时告知,高友工换了电话号码,要我到纽约也去看看他。于是,刚到纽约,就跟高先生通了电话,说要去拜访。那头的声音倒是洪亮,说多谢挂念,一切都好，就不必麻烦跑一趟了，去年不是来看过我吗？一切没变，还是老态龙钟，看了伤心，别来了。我去年的确是探望过他，那时他刚搬新家不到一个月，正在兵马倥偬、诸事纷乱之际，听说我来，十分高兴，拄着拐杖来开门。屋里衣物箱笼尚未整理，书籍倒是整理出一两架，其余则散落各处，真有点像"安史之乱"后杜甫的遭遇。不过，高先生是个豁达人，指着满屋散乱的杂物说，还得我这八十老翁收拾好几个月呢。带着往日喜欢自嘲的笑容，他说，岁月可是嘲讽不得，你看，眼前就是老态龙钟一衰翁，视茫茫而发苍苍，牙齿都掉了好几颗。我多年认识的高先生，是整洁成性的，迎我进入眼前的纷乱与苍老，使我感到几分怅惘，同时也很感激他热情迎接，毫不避讳老境的苍凉，不禁想到蔡邕倒屣相迎的故事，同时联想到杜甫的诗句，"花径不曾缘客扫，蓬门今始为君开"。有了去年的感慨，当他再次提起老态龙钟，我也就不再勉强，只说寄本新书给他看看。他不置可否，却说现在看书都记不住了，看不看都差不多。我请他珍重身体，说电话里声音洪亮，想来健康状态很好。他哈哈大笑，说八十四岁的人，所余不多，只剩下声音洪亮了，好了，打个电话给江青，去看看她吧。

江青说，约了一些老朋友，到她家吃火锅，正好御寒。

约了刘大任、张北海、李耀宗、庄喆夫妇，结果张北海已经有约，庄喆夜里看不清路况，不敢开车，只好算个小聚。席中说起往日的风华正茂，不禁感叹四十年前"座中尽是豪英"，现在都已风流云散，只剩下不多的几个人还在纽约，也都成了劫余。问起一位当年的保钓先锋，十年前我们在香港再度相逢，他仍然意气风发，本来以为他活跃于华人政坛，没想到大任说，他投资股票失利，倾家荡产，已经得了严重的忧郁症，整个人完全佝偻了。早年任职联合国的朋友，全都退休了，有些已经驾鹤西归。七八十年代崛起的画家群，也都散了，有的回了内地，有的回了台湾，留在纽约的不多了。说着说着，居然有点像白头宫女话当年，于是就笑说，我们当年可不是伺候人的宫女，都是一代豪英呢。吃喝畅谈了一夜，岁月毕竟不饶人，五六个人连一瓶香槟一瓶红酒都没喝完。

庄喆、马浩夫妇因为不能赴宴，打了电话来，约我去看看他们的画室，同时请我吃午饭。我住郊区，倒了几趟车，好不容易折腾到格林尼治村，突然发现自己忘了带画室的地址。幸亏熟悉那一带，过去经常到附近的公共剧院去看戏，凭着记忆中的路名与街口，锁定了七八栋大楼，像侦察斥候一样，一一搜索过去。这一天很不巧是入冬以来最冷的一天，温度降到零下五度，还刮着北风，我像丧家之犬，在寒风中一家家查看住户名牌，居然看到了一家是姓"庄"的，不禁大喜。按铃之后，果然是庄喆下来开门，赶紧把我迎了进去。

在附近一家日本荞麦面店吃了一餐热乎乎的汤面，我们边吃边聊，聊到周围顾客都走光了，才依依不舍，互道珍重，而且定下了今年要在香港重聚。老朋友相聚不易，聚一次少一次，只得次次珍重，留下温馨的记忆。

法拉盛的枣泥酥皮

第一次到纽约的法拉盛区，是四十多年前，1970年的夏天，酷暑时节。朋友约我在曼哈顿四十二街的港务局巴士总站见面，然后带我乘七号地铁，到他在郊区的住处。他告诉我，法拉盛是相当安静且方便的郊区，有地铁直达曼哈顿中城，大约四十分钟的路程。地铁列车一出曼哈顿，就拥出地面，由地下铁变身为地上铁，行驶在高架铁路上，可以观望皇后区沿着铁路的房宅。只觉得一片城市的单调与荒凉，两三层高的简陋木造房，夹杂着七八层高的褐色砖造房，在眼前呈现了艾略特描绘的都市荒原景象。现在回想起来，铁路沿线一片接一片的住宅区，就像今天北京郊区的城乡结合部,是一种荒芜的现代现象,好像自己沉溺在无尽的海浪之中,感到自我的迷失与无助。

七号地铁的终点是缅街(Main Street),想来是当年建造这一带街区的时候,设想了一条人流与物流辐辏的主干道,也就自然成了商贸集中的地区,像乡郊的集市逐渐发展为城镇的中心区,有些报摊、杂货店、药房,还有一个小商场。与纽约市闹区相对照,没有纷至沓来的声浪与色彩,没有人车争道的拥塞与喧嚣,还是比较安静的,像个住宅郊区。有几家简易的中菜馆,看来是极为大众化的,菜式不过是红烧肉、红烧鱼、宫保鸡丁、木须肉之类,而且还保留了杂碎、芙蓉蛋这种美式中餐。朋友带我去了一家相熟的馆子,到厨房跟大厨打了招呼,炒了几个菜,说这里跟华埠不能比,将就吃吃吧。

十多年后我搬到纽约定居,听说法拉盛开始繁荣,有大批华裔与韩裔迁入,形成了热闹的亚裔社区,堪可与下城区的华埠媲美。许多台湾与内地来的朋友也看中此区,越来越多华人迁入,通行的是国语(普通话),以别于老华埠的广东话,变成中国新移民的新据点。于是,偶尔也就开车过去,会会朋友,顺便买点中国食物。离开纽约之前,有那么一段时间,和王鼎均与庄信正,我的两位山东作家乡亲,代表了台湾出来的前老年、后中年、前中年三代,每个星期六中午都在法拉盛聚餐,天南地北,从辛亥革命聊到台湾文坛的秘辛。聚会的馆子是王鼎均挑的,说是北方菜,也就那么样,勉强吃吃,主要还是离地铁站近,方便聚会,而且客人不多,可以聊上一个下午。在我的印象中,整个法拉盛没有一家像样的中菜馆,不管是江浙菜、北方菜(鲁菜为主)、川湘菜、广东菜、福建菜,都不够地道,激不起味蕾的兴趣,还不如我自己在家里摆弄一条清蒸鱼呢。

最近因为探亲到了法拉盛,停留了几天。听说有位北京朋友开了一家饼店,兼营面食,也就去帮衬一番,试试她的手艺。我要了一碗红烧牛腩面,上来是一个大海碗,吓了我一跳。汤头很好,香味浓郁不说,入口有种华北大地的厚实感,让我想到鲁西一带的百年羊汤。朋友说,汤是牛骨头熬的,放了适当的花椒大料与辣椒,都是她亲自调的料,是从一位台湾师傅学的。哦,没错,难怪味道很熟悉,很像我六十年代在台北桃源街牛肉面摊上尝过的味道,只是味道更醇郁一些,想来是用的上等牛肉。一问,果然,是纽西兰牛肉。面条也筋道,十分有嚼头,是典型的北方面条,在香港还不容易吃到。朋友说是自己当天做的,手揉手擀,所以劲道十足。

吃了面，问我要不要尝尝她做的酸奶与糕点。我说，一大海碗面条，吃得点滴不剩，肚皮都吃圆了，虽然想尝尝，却实在是力不从心。她坚持要我尝一点，点到为止，只是试试味道，不必吃完。我尝了一口酸奶，只觉得奶香从舌尖传到上颚，滑软甜糯的美味，从喉头潺潺流进食道，好像四肢百骸都浸润了馥郁的芳香。对了，像北京土陶罐装的酸奶，香醇柔腻，丝毫没有人工香精的污染。于是，大大称赞了一番，问她，如此美味，一定大受欢迎，不但可以在纽约畅销，甚至可以打出品牌，行销全美，为什么不大量批售？她说也想过，可是有人警告她，美国的酸奶业基本上是奶制品大公司垄断性运作，中小型的贩售渠道则是意大利黑手党控制的，最好不要自作主张，冒冒失失进入充满流沙的酸奶市场，否则恐怕以后的人生都要变酸，酸奶也要变成酸苦的泪水。她叹了口气说，少做一点，在自家糕饼店卖卖，聊备一格吧。

　　说着话，端过一块枣泥酥饼，形状有点像蛋黄酥，不太起眼。一切四块，露出褐黑色油亮油亮的枣泥，倒是有点意思，看来很不平凡。我拿起一块，以品尝红酒的方法，先闻闻香气。红枣的香味芬芳悠长，十分吸引人，接着就咬了一口，闭上嘴，轻轻转动舌尖，让味蕾均匀地品尝滋味，同时缓缓呼吸，让鼻腔也充分享受馥郁的枣香。像禅者打坐一样，眼观鼻，鼻观心，让舒缓的吐纳气息运行一周天。此时枣香已经超越了味觉与嗅觉，色香味融为一体，并且提升到了心意的境界。实在没想到，朋友亲手做的枣泥已经超凡入圣，超越口腹之乐，让我心神得以愉悦。不禁告诉她，离开台湾之后，余致力寻觅美味枣泥，凡四十年，为达此目的，南巡苏杭，北上燕京，联合一切亲朋好友，共同努力，于十多年前在北京稻香村找到一批枣泥饼，尝起来颇为滑腻，香味也差如人意。岂料第二次再去，味道已经变了，枣泥还是枣泥，但却粗糙干涩，尝来如吃观音土。此后只好继续寻寻觅觅，又发现了宫颐府的产品，质量尚可，虽然还少了一分优雅的神韵，但是只要有朋友去北京，总要托人便中去买一批，带回香港让我享用。

真的没想到，法拉盛四十年的变化如此之大，甚至让我尝到了梦寐以求的枣泥酥皮。

娄口蜜的希腊菜

纽约市皇后区最北端，靠近长岛湾尽头一带，在拉瓜迪亚飞机场西边，名叫埃斯托利亚（Astoria）的地块，是个面积广阔的希腊社区。有人说，除了雅典之外，这里是全世界希腊人最多的聚居地。胆子大而且富有冒险精神的老纽约，偶尔想开开希腊洋荤，会远离曼哈顿，用他们的口气来说，是"不远千里"，来到这里，吃点正宗的地道希腊菜。

时常有人问，希腊这个小国家，全国也不过上千万人口，哪来这么多的人，在纽约建起了偌大的社区？其实，希腊虽然孕育了古代西方的文明，却不是什么膏壤之地，放眼望去，不是丘陵起伏，就是山峦连绵，峭壁巉岩多于平川沃土，不适合农耕安居。倒是爱琴海的海岸线曲折萦回，港湾密密匝匝，岛屿星罗棋布，眼前是海阔天空，吸引着一代代希腊人成为浪尖上翻腾的好手，漂泊到世界各地。横渡大西洋，来到美国的希腊人，大多数都安家在埃斯托利亚，也就给纽约带来了特殊的异国情调。老纽约常说，想吃中国风味，去华埠，去法拉盛；想吃意大利风味，去小意大利，去本森赫斯特；印度风味，去杰克森高地；俄国风味，去布莱顿海滩；希腊风味，当然就是埃斯托利亚。走到街上，到处都是希腊文的招牌，一家接一家的希腊饭馆、希腊杂货铺、希腊糕饼铺，隔几条街就可以看到希腊正教的教堂，有的还金碧辉煌，十分壮观。

最早到埃斯托利亚来品尝希腊风味，是三十年前，我的剧作家朋友知道我喜欢吃海鲜，就约我去吃希腊烤鱼。

那家店环境实在不怎么样，连招牌都没有，局促在一个街角，店名就叫"角落"，门口是轰隆轰隆经过的高架地铁，岂止是嘈杂，简直就像子弹纷飞的前线战场。不过，烤鱼实在新鲜，火候又恰到好处，鱼肉滋润多汁，鱼皮则带着炙烤的焦香，的确别有风味。不过，印象最深的，却是炙烤鲜鱿与小章鱼，洒上碧绿的橄榄油，稍稍带点烟熏火燎的焦味，好像刚从海里捞起，就落在烧烤架上吱吱烧炙，呈现最原始的鲜美。从此，就经常到"角落"去享用希腊风味。

后来"角落"居然爆红起来，在高架地铁的轨道旁边矗起了招牌，蓝地白字，大大书写"角落"，价格也跟着飞升，像地铁爬出地面，在头顶上轰轰隆隆疾驶而过。朋友还抱怨，服务态度也变了，一副高高在上，爱理不理的，好像食客都是饿殍，他们是美食慈善家，在那里施舍济众呢。再去埃斯托利亚，就到处试试别家饭馆，发现好几家都不错，花样也多，不只是海鲜，还有各种不同烹饪方式的佳肴。

最近去了一家邻近住宅区的希腊馆，离商家聚集的中心地带稍远，环境比较优雅。店名娄口蜜，一看就是希腊名字，想来是老板的姓名吧。点菜的时候，突然发现菜单列出的菜名与食材，都是前所未见的希腊文名称，几乎有一半看不懂。我自以为是相当知道希腊菜式的，什么葡萄叶包米饭、葡萄叶包碎羊肉米饭、茄糜、豆糜、鱼子酱奶油奶酪,各种炙烤的海鲜、牛羊肉、掺了香料的碎肉香肠,不是在埃斯托利亚吃过,就多次在希腊本土与海岛上吃过。可是,眼前菜单上的菜名,可真是看不懂的希腊文(美国人所谓的"Greek to me")。只好承认自己不够希腊,放下架子,不耻下问。服务员是位希腊小姐,长得浓眉大眼,鼻梁高挺,带着浓重的希腊口音,一一跟我解释,这是塞浦路斯干酪配的料,那是克里特某地的烹调,这是某处出产的洋蓟,那是某个海岛上的洋葱,不一而足。原来如此,一开始讲究烹饪,使用地道食材,学问就大了。

娄口蜜的烹调果然有过人之处,炙烤的海鲜是"多么希腊"不说,还十分精致美味,展示地道的希腊本土风味,挑逗你味蕾不曾探索的边区。吃完饭,问希腊小姐,娄口蜜是否家族姓氏?她说,不是,娄口蜜是一种甜蜜蜜的希腊糖果。转为形容词,就是甜甜蜜蜜;作为名词,指的是美味人生。

意大利行脚

西班牙阶梯

　　大概是初中时代,看了《罗马假日》,就没忘记奥黛丽·赫本的轻颦浅笑。随着岁月的累积,那个荒诞不经、寓言一样的浪漫故事,却像自己写诗所经历的幻境,从遥远的、模糊的意大利,成了闭上眼睛就能清晰浮现的形象。罗马街头的纷纷扰扰,就像发生在自家后巷的转角,只是缺少了穿越时空的灵符,无法念一声太上老君急急如律令,立时现身在西班牙广场,坐在宽阔的阶梯边上,看奥黛丽·赫本载欣载奔,轻盈似飞燕,把青春气息散布在罗马古城的每一个角落。当然,我虽然时常做白日梦,还不至于疯狂到分不清现实与想象,为了寻找银幕幻象的温馨感觉,不远千里,跑到罗马去寻梦。

　　但是,当我身在罗马,自然而然就想,到西班牙阶梯去看看。当然不是去巧遇什么逃家的公主,也不想邂逅西班牙姑娘,只是去看看,半个多世纪之前好莱坞拍的一部电影,到底还残留了多少遗迹,还有多少人记得电影梦工厂早年制作的青春浪漫。

这次来罗马,是跟着一个文物代表团集体行动,官方正式活动结束之后,还有半个下午的时间参观这座古城。有人说,瞻仰梵蒂冈去,要亲眼看看米开朗琪罗手绘的西斯廷教堂拱顶,那才是罗马的顶级文物,不看死不瞑目。罗马的朋友就说,看是要看,但是现在已经是下午三点半了,到达梵蒂冈至少是四点,别说排队一般要排上一两个钟头,按照规矩,四点以后就不让人进入了。所以呢,参观梵蒂冈,还是明天清早。我就说,去西班牙广场 。罗马朋友连声说对对对,那里是女士们的购物天堂,有普拉达的魔鬼、布高利的天使、古奇的清风、沃尔萨奇的丽日、阿玛尼的彩虹、范伦铁诺的祥云,顶级的意大利时尚。代表团的女士们一听,都说要去扫货,米开朗琪罗靠边站去。

十来号人到了西班牙广场 ,没想到居然是人山人海,西班牙阶梯层层叠叠的,坐满了人,就像古罗马剧场的看台一样,似乎是等着大戏开锣。男男女女,老老少少,看起来都是观光客,坐在台阶上,人人心满意足,好像找到了各自寻求的快乐与幸福。或许他们来到这里，每个人都带着罗马假期的向往，不拘形式，往地上一坐，心情就远离了工作奔波的烦恼，得到了自由与解放。我们十来个人，怕走散了，说定个时间，回到喷泉边上相聚，然后去吃饭。有人说逛商店总得要三个小时，罗马朋友说两个半小时够了，我坚持两个小时就得回来。女士们抱怨说，你不买东西，还要限制时间，太不公平了。我只好说，大家不是想去特雷维许愿泉，要许个天长地久的愿吗？然后还得去吃饭，吃意大利海鲜，都得花时间的。老梁是个拒绝时尚的倔头，不肯去买货，大家就说，你跟郑教授走，四处看看，等我们回来。

其实，西班牙阶梯附近充满了文化气息，特别与浪漫主义文学有关，德国的歌德、瓦格纳，英国的雪莱、济慈，都曾在附近流连过。紧贴着西班牙阶梯的一栋黄褐色老房子，就是济慈当年租赁来养病的处所。可怜的诗人，在此只住了三个月，敌不过肺结核病魔的蹂躏，年方二十六岁，就死在这栋屋子里了。我和老梁推开门，爬上空空荡荡的窄梯，进了改成了雪莱济慈纪念馆的屋子。只有一位年轻的女士，英文非常流利，守着英国浪漫主义的亡灵，跟我们说，外面的椅子都可以坐，里屋那张床是济慈睡的，不要去

碰,别打搅了诗人。我们参观了一遍,在外间的椅子上坐了一阵,为诗人的寂寞身后事感叹。

窗外就是《罗马假日》中,奥黛丽·赫本无忧无虑地往下跑的西班牙阶梯,现在坐满了观光人群,少说也有上千。窗内只有我和老梁,两个人默坐静思,想着什么是千秋万岁名。

罗马的神迹

罗马的秋天很古典,蓝天悬得高高的,清明澄澈,像静谧的湖水,由胖胖的小天使,扇动着可爱的小翅膀,托高到阿尔卑斯山顶,挂在云彩上,等着维纳斯的诞生。阳光也亮得纯净,光芒四射,像众神参加射箭比赛,满天飞着箭靶与锃亮的金箭,像来自四面八方的流星雨,照亮了罗马的街道。我走过共和广场,本来想绕到围栏后面,去参观古罗马最大的公共浴场遗迹,却看到五六个七八岁的小孩,打着红旗,慵懒地坐在广场喷泉池沿,不禁有点好奇。穿过石块铺砌的马路,靠近了,才发现红旗上绘制了镰刀斧头标志,是意大利共产党的旗帜。天还早,大约是八九点,周末,广场空空荡荡的,没有什么人。奇怪得很,这五六个"八九点的太阳"坐在这里,懒懒的,打着红旗晒太阳吗？

　　顺着火车站前的卡沃尔大道（Via Cavour）往南，参观了圣塔玛利亚大教堂，又沿着曲折往返的巷弄，看了些古罗马的遗迹，寻寻觅觅，好不容易在竞技场不远的山坡上，找到了镣铐圣彼得大教堂。我慕名前来，因为这里有米开朗琪罗雕刻的摩西大理石雕像。这个教堂的名称很奇怪，什么堂堂皇皇的名字不好，非要叫个"镣铐圣彼得"（San Pietro di Vincoli），听来十分别扭。原来是因为教堂里藏着一件圣物，是圣彼得在罗马罹难时锁铐他双手的铁链。传说圣彼得在罗马传教，被罗马的尼禄皇帝逮捕之后，倒钉十字架而死，成了圣徒。捆住圣彼得的镣铐，一度传到康士坦丁堡，后来还归罗马，成了圣物。这座教堂就是在公元五世纪的时候，为展示镣铐圣物而建，因此，叫作"镣铐大教堂"，在崇信天主教的罗马人看来，显示了信仰的坚贞，是光荣无比的称号。不过，教堂内最吸引人的，不是镣铐，而是米开朗琪罗的摩西像。雕像十分威严，大理石细密的质地散发出一种刚毅内敛的光耀，观照着供在圣坛上的镣铐，相互辉映，见证了信仰的恒毅与不朽。离开镣铐大教堂，居然要穿过一个石拱门甬道，一路走下磨蚀得光滑发亮的石阶，有五六十米之长，才能回到卡沃尔大道。这才知道,镶铐圣彼得大教堂虽然建在山丘之上,远离市嚣,却有一条隐蔽的石阶山径,直通市区中心。

下午打算到竞技场去看看,顺着卡沃尔大道折向西南,参观古罗马广场及街道遗迹。没想到再回到共和广场,已是红旗飘扬,人山人海,相当壮观。红旗的海洋之中,穿插着一些绿色的旗帜,是绿党环保人士组成的绿洲。还有些五颜六色的旗帜,难以分辨是什么团体,总之,浩浩荡荡,听说有十多万人,是罗马在声援纽约的"占领华尔街"行动。原来早晨那几个"八九点的太阳"是打前站的,像花果山的上操练的小猴兵一样,遏制不住示威游行的兴奋,老早就等着发难,要大闹天宫了。

往古罗马遗迹的路径,居然就是游行示威的走向,不小心就卷入了群众的海洋。有人敲锣打鼓,有人高喊口号,有人手牵着手,当街跳起舞来,像迎神赛会,一境皆狂。挤在人群当中,进又进不得,退又退不出,只好找条岔路,想逃离这尴尬的处境。没想到每一条岔路都有警车封锁,站满了全副武装的警察,头戴钢盔,足蹬马靴,手执警棍,后面还有一排手持枪械的武警。这才发现情况不对,恐怕是身陷险境了。许多拉着拖箱的观光客,不断向警察诉说,我们是观光客,要去机场赶飞机的。警察个个都像电影里

的法西斯,面无表情,一语不发,反正是不放行,逼得人们返回游行队伍的洪流。再不久,群众爆发了普罗阶级的正义,开始踢打砸击停在路边的高档汽车,并且敲击银行的门窗。看来阶级斗争要开始了,形势非常不妙。然后就听到炮响,警方发射了催泪弹。我灵机一动,赶紧沿着卡沃尔大道往前走,不一会儿就到了那条隐蔽的石阶山径,所幸没有警察把守,三步两步就爬上了陡峭的仄径,眼前就是镣铐大教堂,安全了。心想,这是圣彼得显灵,是罗马的神迹。

贝尼尼的大卫像

罗马老城的街道曲折盘旋,出奇的难走。为了到北面的城郊,先向东行,转而向南,绕过了古罗马竞技场,再向北,向西,在古建筑与废墟之间绕行了几圈之后,再也分不清东西南北,就出了罗马老城。意大利文物局安排了精通中文的大卫陪同我们参观罗马的文物古迹,他说,已经到了北郊,今天去参观博盖塞美术馆(Galleria Borghese)。这个美术馆里面有张非常有名的拉斐尔,有许多张卡拉瓦乔,而且更重要的是好几座贝尼尼的大理石雕像,都是美术史上的经典名作,看了终生难忘。

眼前是一大片园囿，郁郁葱葱的，有姿态矫如游龙的松树，有广袤的草地，有娇艳耀眼的花圃，还有竖着大理石雕像的喷泉。草木葳蕤之中，有座看来像是白玉一般的大理石宫殿，庄严巍峨，显示出沉着收敛的皇家气派。大卫说，这整片园林，宫殿亭台，包括其中的艺术品，都是一个教皇的外甥营造与收藏的。这个教皇特别钟爱他的外甥，才登上教皇宝座两个月，就把二十六岁的外甥封为红衣主教，给他很好的教区，让他在教廷中总揽大权，并且发展博盖塞家族的财富与势力。这显示了教皇不只是宗教的精神领袖，不单单关怀世人心灵得救，也同时关心自家的世俗利益，让自己家族同享富贵。这个博盖塞家族的发迹，就是十七世纪初，家族有人当上教皇之后，才飞黄腾达的。换成你们中国人的说法，就是一人得道，鸡犬升天。教皇借着控制教会的权势，发展家族的政治与经济实力，培植皇亲国戚，累积财富，收藏艺术品，于是，有了博盖塞别墅，有了艺术收藏。好在现在收归国有，我们才能进去观赏。我心里想，这个大卫，把天主教的教皇说成了黑手党的教父，在给我们进行机会教育呢。

且不管博盖塞美术馆的收藏是如何聚敛而来，看到贝尼尼的大理石雕像，只感到发自心底的愉悦。由衷佩服不说,还有一种高山仰止的崇敬,觉得自己的心灵也得到了提升。贝尼尼的大卫像,充满了动态与蓄势待发的能量,与米开朗琪罗大卫像的沉稳肃穆感觉不同,好像随时就会火山爆发,出现惊天动地的大事。这座大卫像,雕的是大卫与巨人战斗之前的刹那,大卫的眉头紧蹙,眼睛炯炯有神,凝聚了无限的愤怒,像狮子扑向猎物之时,充满了全神贯注的杀机。周遭的空气都为之震慑,停止了流动,像是古罗马剧场上的观众,屏息静气,观看戏剧高潮的出现。大卫的身体微曲,向右侧扭转半弯,右脚向前跨出,左脚向后微微跷起,正要甩动他手中的投石器。他光滑细腻的手臂,从大理石的精雕细磨之中,呈现了健美的肌肉与筋骨,紧绷着山摇地动的战斗精神。抓着投石器的手掌,手腕略曲,每一根手指的指骨都凸显着力道与决心。这是战斗的大卫,一座无惧无畏的勇士雕像。文物局的陪同大卫在身边指手画脚说,你看,贝尼尼的大卫跟我一样,是完美的典型。

美术馆的导赏特别指出,大卫像的脚跟不是原来的石材,是后来用磨碎的大理石粉修补的。陪同大卫说,这故事很有趣,我来讲。原来贝尼尼所用的大理石,出自喀拉拉,是意大利最好的石材。他到那里,心里已经有了雕

像的模型，自己规划选材，叫工匠切割了运来罗马，没想到雕刻到大卫左脚微微跷起，要表现整个身体的动态，就发现石材少了一角。没办法，只好拿石粉补上。我说，没想到，没想到贝尼尼的大卫居然还有阿喀琉斯的脚跟（Achilles' heel），陪同大卫一愣，旁边的导赏已经扑哧笑出声来，大卫才尴尬地说，是啊，连贝尼尼都有百密一疏的时候。

馆中还有好几座贝尼尼的雕像，个个巧夺天工。其实，真要说起艺术境界，连缺了一块脚跟的大卫像，也是完美无缺的。

圣吉米亚诺

从罗马出发，我们包了一辆中型巴士，先到佛罗伦萨（翡冷翠），再去威尼斯。老魏是威尼斯的乡下人，从未去过佛罗伦萨，行程由他安排，就照抄旅行社的惯例，一板一眼，一个地名一个站，说早上由罗马出发，一路开上高速公路，中午在休息站的快餐店吃午饭，傍晚到佛罗伦萨，住店，第二天就可以去参观乌菲齐美术馆了。怎么？早上起来，吃完早点就坐上旅游巴士，一整天就在高速公路上晃荡，天黑了到佛罗伦萨住店？美丽醉人的托斯卡纳乡野，就在高速公路上观赏？难道我们是古代为衣食奔波的小商贩,未晚先投宿,鸡鸣好看天?

　　其实,这一带我还是相当熟悉的。虽然是二十年前的经验,但因为是自己开车,驰骋过托斯卡纳的大地,一个多星期的时间,穿梭于织锦一般的平原、丘陵与山峦。大大小小的市廛、矗立着石塔与碉堡的山寨、围以锯齿形城墙的城镇,少说也去过十来个。还曾在接壤翁布利亚的阿培尼诺山脉一带,糊里糊涂就迷失了方向,在蜿蜒的盘山公路上绕圈,来来回回,总是绕不出漫山遍野的橄榄林。那种失路的经验,十分有趣,像渔人忘路之远近,不经意就进了桃花源。印象最深的是山上的橄榄树,年寿都不小了,看那斑驳虬曲的树干,苍劲地屹立在山坡上,总是经历过好几百年的风雨霜雪,却依旧勃发出满树的新叶。农庄主人指点迷津之余,还要我们品尝他的佳酿,又送了一瓶初榨的橄榄油,碧绿碧绿的,香气悠长,像转过山坳之后,远方田野那么广袤,那么令人舒畅。迷路成了可以怀念的愉悦,非但不曾焦虑害怕,反倒心情轻松闲适,觉得自己身在异乡为异客,融入了异域的山水,同时沾染了几分意大利人的放恣与浪漫,体验起意大利式的"天人合一"境界。

　　于是,我就建议,途中可以绕道西耶那(Siena),看看美丽的文艺复兴时期的建筑,尤其是那片四面回廊包围的广场。晚上可以在广场的露天饭店吃托斯卡纳佳肴,看月亮升起,看星星眨眼睛。大家都说好,老魏闷声不吭气,后来说去问问司机。问了回来说,西耶那停车的地方很少,停车场要前一天预订,没办法。不过,司机建议去附近的圣吉米亚诺(San Gimignano)。我说好,这地方好,是个山城,城中满是碉堡式的古塔,充满了中古的历史气氛。

出发时间比预定晚了,司机又百分之百遵守交通安全规定,不像平常意大利人开车,倒像是学了中国行车安全的口号:"十次事故九次快,超速行驶事故来"、"开车多一分小心,家人多十分安心"。慢慢吞吞,开到圣吉米亚诺,太阳都快落山了。斜阳余晖照在坚固的城墙上,发出褐红色的反光,也不知道是否砌墙的石块本来就泛红,还是夕阳抹上的色彩,有一种时光打磨的精致,像博物馆里展览的青铜器,更像染了土沁的玉璧,勾起人们无尽的思古幽情。

圣吉米亚诺不大,一条石块铺成的干道,从南门直穿到中心广场,再向西北方向直通北门。不多的几条侧路,高高低低,穿行在全城各处。最值得注意,而且不注意也难的,是小小山城中四处林立的碉楼石塔,不管你转到哪一个街角,迎面就可以见到。走到城中广场,则四面都是参差上下的石塔,像屏风一样,划分了天穹。本地史料说,此地原有的碉楼塔,最盛的时期是十三世纪到十五世纪,约当中国的元代到明中期,著名的碉塔有七十二座,现在只剩下十五座了。徜徉在城中,感到历史沧桑渗入你的毛孔,每一步都踩在几百年前的一段往事,也许石阶上就流淌过两家械斗飞溅的鲜血,也许墙角发生过动人的爱情故事。

天色逐渐暗淡,乌鸦盘旋在高塔的顶端,呱呱叫着,好像古城的飞天守卫,宣布宵禁的时辰已到,驱赶我们出城。

大阪行脚

大阪美术馆

来到大阪，天色已晚。住宿方定，老陶就打电话来，知道我安顿妥当，就说，明天的开会安排，只有报到与宴请，不要紧。倒是有件真正要紧的事，一定要告诉你，明天得抽空去看看。大阪市立美术馆正在展出馆藏的中国书画，其中有阿部特藏的宋元绘画，件件精彩，你一定喜欢。美术馆在天王寺公园，你乘坐谷町线的地下铁，直接就到了。

以前就听说过大阪美术馆藏有好东西，但总是来去匆匆，从来没去参观过。在网上查了一下，见到展品介绍列了金代宫素然的《明妃出塞图》，倒还真有"一去紫台连朔漠"的风沙苍凉之感。查不到其他展品，想来总是值得一看。于是就到了天王寺公园，沿着美术馆的路标，一路行来。眼前是一座巍峨宏伟的传统西式建筑，一排台阶向

102

上,颇有点气派,却没有什么特色。馆内空空荡荡的,除了看门收票的馆员,似乎没人参观。馆员告诉我,楼下是岸田刘生油画特展,要另外买票,中国书画展在二楼,请随意参观。

进了展览厅,看到第一幅挂轴,吓了我一跳。这不是传为李成、王晓的《读碑窠石图》吗?今年春天我去长江商学院演讲,探讨中国传统文人独立苍茫心态,还特别利用了这幅画的图片, 跟学员讲古人在孤独中发现的存在意识,在历史的荒郊读岁月磨蚀的古碑,前不见古人,后不见来者,念天地之悠悠,独怆然而涕下。由此可以联想,陈子昂登古幽州台,写诗的心境,有其深刻的历史感怀,神游时间的沧桑无情,还得回到自身的独立苍茫。没想到这幅画就在眼前,让我可以仔仔细细看到每一个细节,感受李成一派的古木枯枝,是如何在盘曲扭折之中,制造了莽莽苍苍的天地孤寂韵味。

再往前,看到了燕文贵的《江山楼观图》,后有傅山长跋,说到这幅画的流传。此画曾归太原潘氏,董其昌借到北京,临摹了七八天,在他的《容台杂著》中记载得很详细。后来这幅画辗转流失了,董其昌的题字也被俗人割去,幸亏有个道士王清虚是明眼人, 知道是幅古画,才得以保存。还看到了传为郭忠恕的《明皇避暑宫图》，画山岩之中楼阁连绵，是典型界画，笔触老练精准。旁边陈列的，是胡舜臣与蔡京的《送郝玄明使秦书画合璧》，时代是北宋宣和四年(1122)。胡舜臣的画固然精彩，让我观之再三，但是最吸引我的，却是蔡京的书法。北宋四大家，苏黄米蔡，本来是有蔡京的，只是后人不齿他的贪渎，以蔡襄代替了。眼前这幅字，写的是"送郝玄明使秦一首：送君不折都门柳，送君不设阳关旧。惟取西陵松树枝，与尔相看岁寒友。蔡京"。龙蛇飞舞，错落有致，写得真是好。笔锋跳掷吞吐，与米芾有那么三分相似，线条比较纤细，却筋骨峥嵘。后面有沈周的题跋："甲辰修禊日，同周鼎史鉴观于玉延亭。"我这才发现，原来沈周的字，跟蔡京的风格十分接近。

再转过展厅的另一面，不得了。居然看到了传为张僧繇的《五星二十八宿神形图》、王维的《伏生受经图》、王维的《护法天王图》、吴道玄的《送子天王图》、梁楷的《十六应真图》。虽然这些图卷可能是后世的临摹，但形象生动，笔触高古，总是宋元之前的古物，令人想到岁月虽无情，睹物却生出无限感怀。展品中还有苏轼的《行书李太白仙诗》，倒是真迹无疑。东坡的字肥厚浓郁，却十分妩媚，换句新新人类的话来说，就是"性感有型"。在同一间展厅，同时

104

看到北宋四大家苏与蔡的真迹，夫复何求！宫素然的《明妃出塞图》，展出了全卷，比我以前看到的局部图片，真是不可同日而语。塞外风沙的感觉，通过旗帜的猎猎飘飞，通过马首低俯避风，通过人们抬袖遮脸的表情，以短促而细腻的点线，呈现得十分传神。

展览中还有珍品，如米友仁的《远岫晴云图》、郑思肖《墨兰图》、钱选《品茶图》，真是目不暇给，不枉此行。

汉文读本

刚抵达大阪，才安顿下来，泷野教授就打电话来，问我的行程安排，要带我去买旧书。他告诉我，这几天刚好有个旧书集市，在弁天町的商场中心，有十几二十家旧书店联合起来，同时展销库存。或许没有什么珍本，但旧书成堆，总有可观之处，而且价格一定便宜。于是，就跟他约定了时间，一起去买旧书。

大阪铁路公交的系统相当复杂，有阪急，有地下铁，还有日铁、新干线，车站像迷宫一样，七转八弯，有许多出入口。好在有泷野这样的本地人问路，走对了月台，上对了车，还转了一趟车，才算到了弁天町。商场中心全是书架，背靠背排放，像个小图书馆似的，买书的人不少，但还说不上拥挤。我问泷野,经常有这样的旧书市吗?他说隔一段时间就有,还算经常的。现在的人不太看书,尤其不看"古书"(日文称旧书作"古书"),所以,古书店的生意不好,就联合起来办这样的古书市,也是招徕一法。

我买了一些与自己研究相关的书籍,有的还十分有用,像八幡关太郎《支那画人研究》(明治书房,昭和十七年,1942)的初版,对梅花道人(吴镇)、唐伯虎、八大山人、郑板桥、罗两峰、蒙泉外史(奚冈),都有相当精辟的见地。这本书出版的时间很值得注意,是太平洋战争已经爆发之后,日本全国总动员,投入了第二次世界大战的生死决战。作者在序中说道,自己中风卧床,两个儿子远赴战场,是个"天下骚然之秋",然而,他依然在病榻上尽其所能,修订旧稿,并且还有些人肯做点真正的文化事业,协助他出版这本中国画学研究,让他感激不尽。在战火纷飞之际,在日本军国主义侵略中国之时,一个日本学者到了生命晚年,儿子都被征召上了战场,还孜孜不倦,校订研究中国画学的著作,到底是什么心情,是什么样的学术文化意义,驱动他燃烧生命的余烬?此书当时印了两千册,到了今天,七十年后,不知天壤之间,还有多少留存?作者的两个儿子,是否能够生还,见到老父?我在网上查了查,发现密歇根大学图书馆有此一书，并且已经数位化了。旧书拍卖网上也有，品相甚差，却价格不菲。

还在一个木箱里，看到一批明治时期的中学教科书，其中有四本《汉文新读本》，是当时日本中学国语科使用的课本，全部共五册，缺了第一册，也不知道是否被人捷足先登了。我不研究日本中学教育，对我没什么用，只是觉得好玩儿，也就挑了其中比较干净的第三卷，才花了一百日元，吃一块糖的价钱。这套课本是文部省检定合格的，明治三十五年（1902）出版，线装铅印，迄今有一百一十年了。主编是饭田御世吉郎与盐井正男，有趣的是，两人都特别标明自己是"文学士"，也就是有大学毕业文凭，在当时应该是响当当的学术资格了。我买的第三本，共收四十六篇文章，都是文言文，基本是日本学者所写的汉文文章，如盐谷世弘的《江户城》、大槻修二的《东京》、荻生徂徕的《猿桥》，所写多为日本风土景象。文章虽然不怎么出色，但确是通顺的汉文，可以看出，明治时期日本文部省所规定的中学生汉文程度，恐怕不输于今天香港的中学生。

课本选的第三十九篇文章，大槻清崇的《英和字典引》，是从英日字典引发的感想，拿日本的情况来比英国，鼓励日本人要自强不息。言下之意是，英语已经是万国通

107

用语言,最为重要,而日本国势日隆,将来可以跟英国媲美。文章不长,先说"宇内万国言语,奚翅(啻)千百种。其无港不通,无国不行者,独英语。英之强大,而通商之盛可想耳"。然后语锋一转,说到日本与英国地理环境相似,"抑我邦之与英国,隔万里对峙东西洋,而幅员之大小广狭,约略相同……彼僻在五十度以外,我则屹立四十度以内。寒暖之带,既得其正,气运之会又方旺"。日本以后可以如何发展呢?文章继续说,"而后乃今北海道将大辟矣,海陆军将大备矣。遣欧使、留学生,日夜驾火轮,破长风而西矣。则宇内言语,无港不通,无国不行者,何独英语而止哉?"口气不小,对日本崛起,能够跟英国对峙,成为世界强国,充满了憧憬之情。文部省要日本中学生读这样的文章,当然也是为了鼓励明治青年,参与建国大业。

翻翻这些旧书,不但看到旧日的人情风貌,还可以思考历史的转折与变化。

关西料理

泷野是京都人,总是说京都人眼高于顶,鄙视别处的日本人,态度傲慢,从心底里排外,大大的不好。我说,京城里的人,中国是天子脚下,日本是天皇脚下,总有一种首善之区的骄傲，看不起乡下人。京都从唐朝一直到明治维新，一千多年来都是御所，老百姓也就与有荣焉，自以为承继了贵胄气息，高人一等。恐怕是自然而然，缺乏"三省吾身"的反思能力，而造成"大大不好"的地域歧视态度。北京人跟上海人也都有这种倾向，自己没什么高明之处，就以出生地望作为炫耀的本钱。朋友还不肯罢休，继续说，京都人真是大大的不好，连口音都与众不同，喜欢用京都土话，却不觉得自己"土"，居然引以为傲。

我总觉得，泷野经常批评京都，是因为他性格敏感，过于为别人着想，混杂了后殖民批判心态与斯德哥尔摩症状，站在非京都人的屈辱立场，在那里支援外地受歧视的弱势群体。他是土生土长的京都乌丸人，也就是生长在京都市的中心，过去宫城南边朱雀门一带。打个比方，换作北京的地理位置，就是天安门南面靠前门那一带，紧贴着紫禁城，沾染了浓厚的皇家贵气。或许是因为从小长大，耳濡目染，他对京都的繁文缛节与生活习气知道得一清二楚，也就批评得不留情面，大概属于鲁迅说的"反戈一击"心态。

我告诉他，以前在京都曾多次品尝京都料理，每次都是莫大的享受，不仅满足口腹之欲，也大饱眼福，是视觉美感的飨宴。有一次在南禅寺附近品尝汤豆腐，坐席设在庭院池塘边上，水色松风，好像自己是古代山水画中的人物，陶醉于今古交叠的审美意趣。豆腐是什么味道，不记得了，品尝豆腐的环境与品尝的过程，却历历在目，萦回不去。他说，京都是让人迷恋，也会使人在沉湎审美意趣之中，衍生出不少幻觉。京都料理的确不错，细致优雅，精益求精，孔子大概很喜欢的，"食不厌精，脍不厌细"嘛。

过了几天，他到大阪来找我，说要请我们到心斋桥吃晚饭。我问是京都料理吗，他说不是，是关西料理，是大阪本地菜。我们跟着他到了一家百货公司的顶楼，在侍应的热情招待声中，像戏曲舞台上演出游园一般，在饭店内部间隔的巷弄里，七转八弯，终于到了一间设有五六张方桌的内室。隔窗望出去，是个狭窄的庭园，种了几株修竹，有一架类似神社的鸟居，似乎还有神龛。但是天色已暗，看不清楚了，总之是闹中取静，环境还算优雅。泷野说，这家餐厅是分店，设在百货公司楼上，环境不如本店清幽，但是总厨的烹调技艺比较好，我们暂且把注意力放在料理上吧。

一位中年女侍应来了，见到泷野，高兴得叽叽呱呱，低声话了几句家常，给我们座前放了漆盘餐具，很有仪态地退去。过一会儿，上菜了，是个方形瓷盅，瓷盅盖上画了金黄色的银杏叶，叠绘着赤绘的彩带，一看就知道，是呈现秋天的季节料理。打开盖，盖里是撒了金粉的厚白釉，瓷盅当中盛着一块鲍鱼，稳稳地放在一方烹制得透明的萝卜上，旁边配有一簇墨绿色的菜蔬。我的联想不太日本，想到了六朝金粉，秋风落叶石头城，不过，能引起诗意的联想，也增加了食欲。再来上了一个黑色的漆碗，盖上绘有深红的枫叶，持续着秋意。打开碗盖，是一片圆形半透明的薄膜，罩住浸在上汤里的食物。掀开薄膜，才发现是片萝卜，底下是一块鲷鱼，还有油豆腐包，一尝才知道里面包的是海胆，味道鲜美无比。接着又上了一道菜，是比手掌略大的瓷盒子，暗红釉地绘有缕金的枫叶，盒盖当中贴了一层乳白釉地，绘上丛簇的雏菊。打开盒子，是鲔鱼、鲜鱿、鲷鱼三色刺身，入口的感觉不只是新鲜，还似乎尝到了不曾被污染的深海气息。

　　接着上了一个黑釉大盘，旁边露出几枝日本红枫，主体则覆盖着松枝编成的帘子。掀开帘子，是各种形制的小瓷罐，装着各种不同做法的贝类。之后又是一道接着一道，是樱花虾天妇罗、掺和了各色海藻的豆腐，以及四色素菜。每一道菜都盛在充满秋意的陶瓷器皿当中，色彩与造型变化多端，好像在美术馆参观了一场瓷器艺术展。晚餐进行到此，我跟朋友说，吃饱了，也见识了，关西料理有特色，细致之中有豪放之气，不知道是否是因为季节时令，要配合"秋之为气也"，有点苍凉，像戏曲老生的唱腔，没有京都祇园的艺伎气。

泷野笑了起来，说你的想象力太丰富，吃吧，还有一道主食呢。主食上来了，是砂锅鲷鱼饭，上面撒了一大片乌鱼子颗粒。侍应帮着盛在碗里，撒上一撮细碎的葱花，配上一碟五色渍物。我连吃了两碗，真是好吃，不禁告诉他，关西料理的确不同凡响，不仅好看，而且好吃，尤有甚者，则是分量之大，远超一般的京都料理。泷野很含蓄，笑着说，那也要看情况。

离开饭店的时候，已经没有食客了，我们是最后一拨。下了电梯，发现百货公司也早已打烊，却留了一条红绒栏杆的通道，每个转角都站着保安，向我们道晚安，好像我们是皇室贵族一样。

辑 三

4

行脚之什

陌巷美食

我有些朋友喜欢美食,而且富有钻研精神,是研究型的食家,不仅欣赏米芝莲的星级饭店,还会上穷碧落下黄泉,到箪食瓢饮的普罗地带寻觅,不是去找现代颜回,而是寻找"大隐隐于市"的美味。美食人人喜好,但是为了感受一碗面条的筋道与嚼头, 或是一块红烧肉不肥不腻恰到好处的风韵,而念兹在兹,和孔夫子"君子不违仁"一样,造次必于是,颠沛必于是,只能说是为食颠倒,病入膏肓,是一种无药可救的"味觉幻想偏执症"。

这次在上海,阿四夫妇约我们吃饭,到徐家汇去吃地道的本帮菜。说徐家汇天主教育婴堂原址,已经改成一家餐厅,装潢布置是三十年代的老上海,环境相当清雅。我想起来,许多年前去过这家餐厅,是研究上海近代史的朋友安排的,想给我们一些近代史的机会教育与怀旧惊喜。育婴堂里早已没有了婴孩的哭声,摆置了不少留声机、衣帽架之类的海派洋装饰,家具也尽量呈现三十年代的 Art Deco 风格。院子里面还有两节火车车厢,据说一节是慈禧太后的御驾,另一节是宋美龄的专列,也不知是真是假,不过都改成了车厢式的餐厅,倒也噱头十足。不禁想到上海人的确是灵光,耍噱头的本领可谓天下第一,明明只是美国式普罗大众的餐车环境, 也能拉上慈禧太后与宋美龄的光环, 让她们不散的历史阴魂陪着二十一世纪的小资产阶级吃饭。这样聪明的上海人若是到了美国,一定会买下街头巷尾的 diner 饭店,打出招牌,说餐车是林肯总统专列、罗斯福总统专列,或是玛丽莲·梦露、猫王埃尔维斯·普雷斯利(皮礼士利)乘坐过的车厢,让美国人学学,吃饭前不仅要祷告,也不要忘记历史的祖泽辉煌。

本帮菜典型的特色是"浓油赤酱",油重,酱油多,不符合现在的饮食健康标准,但是口感浓郁,让老饕吃得过瘾。虽然一开始点菜就排除了圈子(大肠头),还是吃了熏鱼、响油鳝糊、红烧肉、红烧回鱼之类,好在配以清炒河虾仁、清炒芥蓝、葱油黄泥螺、清蒸臭豆腐、荠菜豆腐汤,总算稍微减低了胆固醇的心理威胁。同桌的上官太太说,最喜欢吃的还是上海菜，百吃不厌，不过这样子大吃一顿，很容易胖，吃得心惊肉跳的。就说起小吃，小馄饨、小笼馒头、生煎包都好吃，不过大饭店做得不地道。我说最爱吃苏州大面，枫桥大面上面那块焖肉，做得好的是入口即化，余味环绕口腔，三月不知其他肉味，以前上海是吃得到的，现在找不着了，还得到苏州去吃。阿四太太说，最近发现一家面馆，在老西门的旧住宅区，附近有点脏乱，可是那面是真好吃，尤其是酱汁大肉配素菜双交面，浓油赤酱不错，味道却绝对是上海第一。

上官夫妇一听，就要去吃，说明天大家一起去，他们请客。阿四说慢着，没那么容易，面馆是间小店，店里面没座位的，在街边摆了几张桌子，就是个路边摊。而且酱汁大肉每天就只做那么多，不到十二点就卖光了，所以还得早去，最保险是十一点多就过去。上官满口说好，没问题。阿四夫妇第二天有事，不能去，就仔仔细细说了地址，是单行道，又七弯八拐的，在什么路跟什么路的交口，对面是家电器行，左边是间连锁店，停车不容易等等。上官太太笑逐颜开，跟我们说上官找得到的，明早来接，一道吃面去。

第二天十点多，上官夫妇开着一辆银灰色帅气的奥迪，接了我们，上高架，走了新开辟的隧道，到达老西门一带,七拐八绕,到了目的地。的确是家不起眼的小面馆,周遭的环境与气氛,让你觉得回到八十年代刚刚改革开放的上海,沿街停放着三轮板车与脚踏车,居民穿着睡衣睡裤施施然走在街上。要不是看到有家店铺的招牌是修理电脑,真以为时光可以倒流三十年。面店已经开门,也有几个顾客坐在街边吃面。上官把车停在街对面,我们坐下来,占了一张桌子,放眼看看店里的招贴与菜单。乍看还很复杂:这里挂着一块招牌,列出特色鳝丝腰花拌面、酱汁大肉面,那里又挂着一块招牌,列出黄鱼、蛤蜊、蛏子大鲜面,稍靠里面还有一块招牌,列着大肠、肚丝、鳝丝、腰花大荤面,下面另列大肠、肚丝、鳝丝、腰花猪肝、肉丝、目鱼、蛏肉、蛤肉双拼面,最下面一列还标出干葱蛤肉拌面、干葱蛏肉拌面、咸菜蛤肉面、咸菜蛏肉面、干葱蛤蛏拌面、咸菜蛤蛏面等等,各种排列组合,不一而足,令人眼花缭乱。不过,有一块最醒目的大招牌,上书"特色酱汁大肉二十元",绝对是明码实价,不容有误。听说半年前还是十元,全国物价高涨声中,老板一加就是一倍,有人抱怨涨得太狠,加个五成差不多。老板说,现在中国 GDP 涨成什么样了,你不去看看?

我们来了五个人,原来说好,都是要吃酱汁大肉面的。

上官太太一坐定，就点酱汁大肉面，要五碗。老板是个三十岁左右的壮汉，听说以前在江湖上混过，态度倒是不卑不亢，很有些梁山好汉的气度，说，来三块大肉，够你们五个人吃的，不够再点。另外再给你们安排一下，配一配，来个拌面、腊肉面，一共五碗面，三块大肉，足够了。老板走开，上官太太一个劲嘀咕，要五块大肉，也不给人家吃，每人都分不到一块。她撇着嘴，大概是有点生气，白皙的脸上涌起一片红晕，眼睛带点委屈的神色，楚楚可怜的。一会儿，三块酱汁大肉上来了，每一块都装满一个中型的盘子，比砖头还大。上官太太一看，笑出来了，啊呀，这么大啊，我们两个人吃一块也吃不完呢，怎么办？上官说，还能怎么办，吃呗，吃不完剩下。随后又上了三碗净面，一碗干葱蛤蜊蛏肉拌面、一碗腊肉面，满满堆了一桌子。五个人，你看我，我看你，都说这怎么吃得完？先吃酱汁大肉吧。

　　那肉真是好吃，肥瘦相间，柔而不腻，酥糯而不粉粑，带点鲜甜的酱香，入口即化。可也真是一块巨无霸，让我想到二十年前我还能承受的纽约牛排。唉，时光无法倒流，我们这些资深老饕的胃囊，再也不能展现当年风虎云龙的气势，一举歼灭这三块大肉了。当然，无法风卷残云似的吃完大肉，还因为来了五大碗面，那面条也颇筋道，有嚼头。那一碗干葱蛤蜊蛏肉拌面尤其是鲜美无比，吃了一口就停不下来，接连吃了三四口，肚子开始抗议，显然已经达到逆来顺受的极致，拒绝再忍受美食的压迫了。于是，五个人都停下筷子，望着几乎剩下了一半的面食，既满足又感慨。满足的是滋味鲜美而且悠长，用现代小青年的说法，就是"曾经拥有"；感慨的是眼大肚子小，弱水三千只能取一瓢饮，而且曾经沧海难为水，或许以后只留下美食的记忆了。上官说，不管怎么说，反正得谢谢阿四，这酱汁大肉面是真的好吃，是地道上海美食。上官太太说，真是好吃呢，可惜太多了，吃不了。

走访青云谱

　　司机载着我和一位研究生，穿过横亘在赣江上的南昌大桥，进入了南昌市区。早上九点多，堵车的高潮应该已经过了，但是事实胜于我们原先的推测，没想到南昌城紧跟中央政策，堵车情况不下北京三环之内。车阵好像赣江波涛，后浪追前浪，逝者如斯夫，不舍昼夜。司机说，青云谱在城南，不远的，即使堵一堵，四十分钟总可以到了。塞了一个小时，行行复行行，停停复停停，他说已经到了青云谱，可是不知道八大山人纪念馆在哪里。原来青云谱在现代南昌人的概念里,已经成了当地的行政地名,是南昌城南的一个区,不再是八大山人居停过的道观了。问路人,都说不知道,问交警,答曰还远呢,在梅湖风景区。司机说,早知道纪念馆在梅湖风景区,就不必进城到青云谱,沿着河边快速道,一绕就到了。咳,走了多少冤枉路。

又开了一阵子,终于看到八大山人纪念广场,修得十分现代化,好像八大山人穿起了西装洋服,有点不搭调。眼前是一片狭长的湖水,沿湖有几座仿古的楼阁,画栋雕梁,应该是刚完工不久,都还空置着,形制像上海豫园商场的建筑,可能将来也是商场。司机闷着头一路往里开,我说不对不对,前面看起来像新开发的别墅区,而根据前人的描述,道观青云谱是坐落在水边的。司机下来问路,我四处张望了一下,就看到路边竖着烫金大字的"某某风景别墅区",看来地产商的确是有慧眼,早就把临湖一带的区域变成他们增值的禁脔了。经过别墅保安的指点,弄清了湖对面丛林古木集中的院落,才是八大纪念馆,也就是原来的道观青云谱。

八大山人纪念馆正在大兴土木,门口堆了黄沙木料,像个工地。不过,进门还是向我们每人要了二十元,只是口头先警告,说修缮期间,馆藏展品都收起来了。问我们要不要导游，学生看看我，我回答得干脆，不要。偏院里有一口小井，井沿漶漫，像弃置在墙角的石臼，旁边立块牌子，"万历古井"，没什么看头。不远处矗立着八大山人戴斗笠的铜像，是按照 1674 年（康熙十三年）黄安平手绘的"个山小像"塑造的。那一年八大山人四十九岁，还没使用"八大"为号，所以仍然自称"个山"。（按照我们现在掌握的资料来看，他是在 1683 年前后才使用"八大山人"之号。）画中人相貌清癯，神情有些落寞，反映了国破家亡之后，明朝宗室遗民的心境，十分传神。铜像则显得神采奕奕，好像十分满意这座院落建成"八大山人纪念馆"似的。

　　穿过月洞门，进入青云谱主体建筑的前院。前院狭长，比篮球场略窄，有点逼仄，正中是道观的正门，门上有石刻匾额，"众妙之门"，据说是八大山人亲笔。那笔势看起来不像八大的恣肆风格，当然可以怪刻工没能展现真迹的精神，还可以辩说，为道观这种清修之地题匾，要收心敛性，不能随便展现自我的创作欲，所以不像八大的画迹。不过，我们查查史料，这"众妙之门"出自八大手笔的说法，出现得很晚，是 1920 年出版的《江西青云谱志》中，夏敬庄《重修青云谱道院记》（署甲寅年，即 1914 年）文章才提到的，而且这篇文章还混入了不少道听途说的传闻："逮有明之末,有宁藩宗室遗裔八大山人者,遭世变革,社稷邱墟,以义不肯降,始记僧服。佯狂玩世,继乃委黄冠以自晦,是为朱良月道人……良月道人居此既久,于道有得,颇著书,又工丹青书法,亦超妙今二门,额题'众妙之门'四字,即遗墨也。"学者对于八大是否弃僧入道、是否与清初重建青云谱的朱良月是同一个人,争议甚多。目前我们只能确定一点:八大山人时常来到这个南昌城南十五里地的道观,一方面是避世清修,另一方面则此地聚焦了一些怀念前朝的遗民,得以相濡以沫。

现在的青云谱建筑,是 1950 年代按照清末格局修建的,是否和八大山人居停的道观相似,谁也说不清楚了。三进屋宇,正正方方的,每进中间是回廊环绕的庭院,有些搬迁过来的老树,装饰了重修的古迹,让人产生时代辽遥久远的感觉。有趣的是,第一进院落里面有棵相当粗大的桂花树,看起来有百年高龄了,旁边竖立着木牌,说是唐代的桂树。可是,回廊上又挂了一张老照片,是周恩来在1962 年来访,与当时道观的道长一同站在一棵两人环抱的老桂树旁,照片下写着说明:周总理亲自见过这棵唐代的桂树,可惜 1962 年的大洪水把唐桂淹死了。原来,真的唐桂已经升天,在广寒宫里陪伴太真娘娘了,现在这棵桂树只是象征意义的唐桂，真让人不胜唏嘘。

因为目前正在进行修缮工程，所以每间房舍都是空荡荡的，只有正厅挂了十幅左右的复制品书画，其中有几幅是画册上常见的。有个年轻的导游，领着十来个观光客，在一幅画前大讲"三月十九"是崇祯皇帝煤山自缢的日子，可以在画中隐藏的标记上看到。又说八大山人署名的含意是多么深刻，"八大"与"山人"的写法非常特别，紧连起来，就是"哭之、笑之"，作为国亡家破痛苦的寄意。围观者听得入神，哦哦连声，得到了胡乱灌输来的知识，想来还会回家去教育子女，甚至向亲朋好友炫耀如此精彩的文化新知。我在旁边听了，心中暗想，"非物质文化遗产"就是这么一代传一代，稀里糊涂形成了，其实是姑妄言之，姑妄听之，全无历史根据的。八大山人到了五十七八岁，已经是明朝覆亡四十年后，才在画幅上署名"八大山人"，难道之前就没有"国破山河在"的悲痛，就不会哭之笑之？

这个"哭之笑之"的说法，最早见于1739年（乾隆四年）刊行的张庚《国朝画征录》，是张庚自己独具只眼的创见，当时就引起争议，如乾隆十六年《南昌县志》就大不以为然。可见南昌本地人没听过这个说法，青云谱所在地的乡邦父老是不认可的。然而，这个说法显然十分耸动有趣，也就被后人不断地"口传心授",以讹传讹,积非成是了。青云谱大兴土木,不久要重新盛大开张,想来又要增加许多古迹与传说,让导游们传播些无稽的"历史知识",为地方作出贡献。看看附近别墅住宅区也在大兴土木,建造了一栋栋的高级洋房,就可以窥知八大山人与青云谱的关系是多么重要,可以拉动全省地方内需,提高国内生产总值。

不过,八大山人是值得我们怀念的,他的书画也真是横空出世,纵横恣肆,表露了"非暴力抗争"与"不合作主义",是艺术对抗政权压迫的极致展现。要是放到二十一世纪,也是该得诺贝尔和平奖的。石涛和尚有一首题画诗,写的是八大山人的水仙,同时也描绘了八大的身世:"金枝玉叶老遗民,笔研精良迥出尘。兴到写花如戏影,眼空兜率是前身。"有些文学界的朋友喜欢谈"告别主义"、"逃走主义"、"没有主义"、"不是主义",其实都可以在三百年前八大山人的艺术实践中看到,而且其中还蕴含了更深厚的历史文化悲情,以及对于人世沧桑的体会,对超越浮生幻灭的追求。

我曾在画册上见过八大的一幅行书扇面,落款"昭阳大梁之十月,书以曾老社兄正",写的是:"净几明窗,焚香掩卷,每当会心处,欣然独笑。客来相与,脱去形迹,烹苦茗,赏文章,久之,霞光零乱,月在高梧,而客在前溪矣。随呼童闭户,收蒲团坐片时,更觉悠然神远。"昭阳指的是癸亥年,康熙二十二年,1683 年,扇面是写给南昌友人曾灿的,极其可能写的是青云谱恬静的氛围。

我走出道观的屋舍,绕到后院林木葱郁的角落,突然看到几棵参天古树,荫翳遮蔽了弯曲的小径,曲径的尽头,缩在巨大树干后面是八大山人的衣冠冢。周遭阒无一人,落叶覆满了杂草掩盖的土堆,很恬静。想来当年的青云谱遗世独立,远离尘嚣,是个避秦的去处,八大山人也在此度过一段清静的日子。

游武夷山

出版社请我编一本《徐霞客游记选读》,从篇帙浩瀚的原作中选出精彩篇章,附以注释说明与导读,让现代读者得以欣赏这部古典名著的一脔,从而知悉这位古代大旅行家的行迹,以及他壮游天下的冒险精神。我乐于编选徐霞客的文章,因为自己不但喜欢他奇谲波磔的文字,更赞赏他能够如实刻画山水风光的本领。他写的是瑰丽文章,读来有如神游杳渺幻境,呈现的却是大自然的真实面貌,是翔实的登山涉水亲身经历,像是手持摄影机拍纪录片,不掺入丝毫虚构的想象，客观而冷静地表现了自然山水的原生态，时而崔巍壮阔，时而险仄幽深，令人惊叹造化无穷，真是鬼斧神工。

古人写旅游的诗文，以写意为尚，灵思翱翔，神游天地，像鲲鹏一飞而九万里，点到为止。写实的文字，太过注重细节，时常被人批评为拘泥旁枝末节，见木不见林，见溪涧不见长江黄河。其实，这经常是诡词，掩饰自己没有亲身跋涉那九万里，只躺在家中的软榻上卧游，未曾真的经历过登山涉水的磨砺。文章跟画画一样，画神画鬼，画瑶池王母、八仙献寿，画得奇诡夐丽，只要笔墨的功底深厚，并不难驰骋想象，让人瞠目结舌，惊为前所未见。画真山真水真人物，曲尽现实世界的千姿百态，一笔一画忠实摹写自然，描绘峰峦峡谷、玄潭急湍、峭壁悬崖，还能让人叹为观止，就需要身体力行，像徐霞客一样，以生命历险来体现。

最早读《徐霞客游记》，是在中学时代，读的是个选本，其中有一篇《游武夷山日记》。写他游武夷山九曲，在六曲附近的曹家石登岸，到达天游峰之南的接笋峰及大隐屏，是这么写的："诸峰上皆峭绝，而下复攒凑，外无磴道，独西通一罅，比天台之明岩更为奇矫也。从其中攀跻登隐屏，至绝壁处，悬大木为梯，贴壁直竖云间。梯凡三接，级共八十一。级尽,有铁索横系山腰,下凿坎受足。攀索转峰而西,夹壁中有冈介其间,若垂尾。凿磴以登,即隐屏也。有亭有竹,四面悬崖,凭空下眺,真仙凡复隔。"

当时读来,觉得徐霞客真会写文章,到武夷山游览,写接笋峰及大隐屏,悬崖绝壁之险峻,到了诡奇的地步,如何攀登得上?笔锋一转,说峭壁之下,有一道罅隙,比天台山的明岩还要险奇,却可以攀跻而上。绝壁上紧贴着三截木梯,共八十一级,直上云端。木梯的尽头,还有系在山腰的铁索,岩壁上凿了可以容足的坑洞,拉着铁索,攀缘而上。到了峰顶,居然还有亭子有丛竹,可以凭空下眺。心想,徐霞客写得也未免太过分,有点吹牛吧?险峻到了极点,必须拉着铁索攀缘,且不说是什么人在山腰系的铁索,就算徐霞客像现代的攀岩高手一样,能够爬到顶端,这样四面悬崖的峰顶,怎么可能有亭子?难道还有人扛着建材木料,拉着铁索,攀登到峰顶来建亭子?

二十年前,厦门大学好友陈支平带我游览武夷山,同行的还有台湾大学的徐泓夫妇与石守谦。我们来到接笋峰下,看到的悬崖峭壁,上宽下削,险峻一如徐霞客描述的"下复攒凑",而且攀登而上的铁梯(改成铁的了),真是紧贴绝壁,直上云端。台湾的朋友都说,虽然祖籍福建,现在

128

还不是落叶归根的时候,还要回台湾呢,不去冒险了。我心想,四百年前徐霞客攀缘而上,我也得上去看看,才好解开心底的疑惑。于是,就施展浑身解数,再加上支平助我一臂之力,汗流浃背,气喘吁吁,总算攀爬到了峰顶。你说,我看到了什么? 眼前的丛竹不说,真是有个亭子,还有桌有椅,有煤气罐,有炉灶,有卖茶的人。喝了杯热腾腾的茶,定了定神,心底涌起了无限惭愧,少不更事,见识浅薄,居然嘲笑徐霞客的亲身经历,真是厚诬古人啊。

从此,对徐霞客描述的山水经历,佩服得五体投地,再也不敢说三道四了。

龙尾砚

案上有七八方砚台,形制有大有小,花纹也不尽相同。除了两方我早年在肇庆买的端砚,后来买的都是歙砚。买砚台,当然是为了写字。工欲善其事,必先利其器。想把字写好,文房四宝总得配置得当,笔是笔,墨是墨,砚台要大小适当,朴素光洁,温润发墨,先让自己悦目舒心,落笔在宣纸上,才能笔走龙蛇,挥洒自如。有了两方端砚,其实也就够了,不必再费神增添更多的砚石,像诸葛亮布八阵图那样,霸占书案并不宽敞的空间。毕竟现代人写毛笔字,没有古代文人墨客的悠闲情境，"倩何人翠袖红巾"，添香磨墨。现代的书法家早已与时俱进，讲求效率，径用工业化高质量的墨汁，取代了墨与砚的耳鬓厮磨。那么，既然砚台已经丧失了写字的功效，为什么还要买呢？而且，还是一而再，再而三，买个不休？

你问我，我也说不出一个令人信服的道理。只好说，你看，女士们为什么要戴和田玉镯呢？戴在婉娈温润的秀腕上，玉镯不碍事吗？想来一定是碍事的，那么，为什么还要戴？没有别的理由，就是喜欢，就是打心底里喜欢，赏心悦目，四肢百骸为之舒坦，心灵魂魄为之飘荡。

五六年前，我到婺源去考察，在一个小山村的石板老街上，看到一家卖砚台的小铺，门口放着两只水桶，浸在水中的是黑黝黝的石块，旁边还堆着一些制砚的刻刀。原来婺源发展"山乡观光"，满世界打出"中国最美丽的乡村"的广告，观光客蜂拥而至，会刻砚的小铺主人就收了本地原石，加工磨制，开始自制自销。铺子里的砚台都很简朴，大的还不到径尺，小的不过盈掌，没有屯溪老街上那种雕龙刻凤的大块文章，同时也就没有附庸风雅的忸怩作态。我拿到手里，一一把玩，觉得石质晶莹细润，摸起来嫩滑柔腻，很有点美玉之感。就问主人，这些砚石都是歙砚吧？

主人说,是龙尾砚。外头人叫歙砚,其实大都是我们婺源出的石头,卖到歙县去的。我又问,什么样的砚石称作龙尾砚,是石头的纹理像神龙摆尾吗?主人说,不是,不是,我讲给你听。

主人说,他们这个村子后面就是龙尾山,是婺源跟休宁交界的地区,龙尾山上产的石材最好,所以就用龙尾石来制砚,也就是外面人说的歙砚。龙尾石的质地与种类还有分别,从石质来说,溪涧冲刷下来的石块,在溪水中经过时间淘洗的仔料,质地最温润细腻,山料则属老坑的好,不过,现在禁止再挖老坑了。从石头的纹理来分,有眉子、罗纹、金星、金晕、鱼子、玉带等等。你看,这一块就是眉子,乍看好像有眉毛纹凸起的样子,可是摸起来却光滑得很,你摸摸看,是吗?这一方是罗纹,好像罗纱那么细的纹路,很好看的。这一方是金星,很不错吧,满天星斗,金花齐放,买一块吧?

问了问价钱,说贵实在不贵,可也不算便宜。他的那方金星砚,开价上千,让我感到这个山村里的石头,价格不菲。他的解释是,那方金星砚,他设计了一只蝙蝠,花了不少工。我半开玩笑说,你再多雕刻上四只,五福临门,就可以开价五千,或许将来可以媲美尖沙咀珠宝铺的玉雕呢。又问了问别的砚石，挑了一方刚刚盈手的罗纹砚，说是一百五，我说一百，回说一百二，也就懒得再还价，买了。

自从买了这方龙尾砚，居然每到一个婺源山村，看到卖砚台的小铺，就会进去张望一番，心血来潮，感到有缘的时候，就买一方朴素大方的砚台，一般总是价廉物美的。最有趣的经历，是我那方金星砚。前年随着一个戏曲考察团，在李坑游览，我一直走到村子尽头，脱了队，导游前来寻我，拉着我归队，突然看见一家小铺，摆着几方质朴无华的金星砚，说只是看看，导游说不行了，要开车了。店家是个老实巴交的中年人，看我要走，说一百二，买了吧。我掏出钱，夺了砚台就走，后面还有导游不断催促。回到家，仔细看看这方金星砚，还真不错，除了少一只蝙蝠，实在不亚于我最早接触的那一方。

明洞圣堂

到首尔开会，高丽大学的朋友把我安置在城中区，说比较方便。我对首尔的地理方位搞不太清楚，只记得城区辽阔，高楼大厦连绵如峰峦，开车穿行在拥挤的街道，有如翻山越岭，翻过一山又一山。行车比较快速的道路是沿河的高速，环绕着汉江而行。汉江横亘在市区当中，十分宽广，让我联想到《诗经·周南·汉广》："汉之广矣，不可泳思！江之永矣，不可方思！"那是首古代思恋江边美女的情诗，颇有缠绵的风致。古代朝鲜尊崇儒学，读"四书五经"，想来《诗经》也是进学的读物，在汉江边上的汉城读起来，应该是情思绵绵，别有韵味的。汉城改名为首尔，是现代国族政治意识作祟，也就泯灭了古典的情思，令人为之扼腕。有韩国古典学的朋友就说过，首尔首尔，首善之区，首领群伦，首当其冲，不管好坏，目的都是为了抹杀古典汉文化传统的影响，以确定韩文化独立的政治正确。诗人如何吟咏，美人是否在水一方，顾不得了。

跟朋友说，前几年来过首尔两次，都住在机场巴士总站附近，离新潮时髦的 COEX 商场很近。始终不知道 COEX 是什么意思，是否 co-exchange 的缩写，与连接的南韩世界交易中心相关，所以意指"合作交易"，还是有什么更深奥的寓意？总之印象深刻，对这座全亚洲最庞大的地下商场，颇为敬畏，因为时常逛着逛着就迷了路，找不到东西南北。在附近散步，还参观过三陵公园，其实是两个国王跟一个皇后的陵墓，虽然说不上壮观，倒还整修得安静肃穆，算是城市喧闹中的长眠乐土。朋友说，那一带是汉江南面的新区，就叫江南区，比不上我帮你安排的酒店，地处东大门与南大门之间，靠近昔日的王城，又紧贴着首尔的购物天堂明洞，不但方便，也比较有气派。

酒店备有交通车，每小时一班，绕着明洞区行驶一圈，方便旅客购物。我从来没去过明洞，也抽了个时间，跟着几个观光的散客，来到了首尔首屈一指的购物天堂。的确满街都是商店，满街都是衣着光鲜的年轻女售货员，手里不是五颜六色的宣传单，就是准备向你喷射的各式香水。整个明洞区就像步行街，人潮汹涌，摩肩接踵，让人喘不过气来。大多数商店卖的是女性服饰与化妆品，宣传的是美丽，是人工的美丽，是人定胜天的美丽。其次就是饭店与咖啡馆，有传统韩国菜，什么参鸡汤、石锅拌饭、韩国烤肉之类，也有一些意大利饭店、中国菜馆、粥店、饺子馆、星巴克、麦当劳、肯德基。给人的感觉很奇怪，看起来就是都市更新之后，摇身一变，成了全球化的大商场。与尖沙咀没有什么本质上的不同，只不过招牌都是韩文，还有些韩国特色点缀其中，以招徕顾客。

才逛了一两条街，就感到闷气，正想要打道回府，转身却在街角看到一截古色古香的红砖钟楼，耸立在鳞次栉比的商铺后面。那截钟楼有一种古朴的庄严，在纷扰的商圈中显得蹊跷。打开地图看看，才知道是座天主教教堂，称为明洞圣堂,坐落在明洞东边的山坡上,隐藏在闹市之后,不经意就错过了。沿着山坡走上去,终于看到了壮观的明洞圣堂,占地十分广袤,自成一片天地。教堂后面有个林荫遮蔽的花园小院,坐在园中板凳上,清风徐来,让人居然心情舒畅,笼罩在宁谧与祥和之中,完全忘记了明洞闹市的喧嚣纷扰。

去了一趟明洞,只吃了一餐海鲜石锅拌饭,什么也没买,什么商店也没进,却在明洞圣堂静静坐了半天,享受了心灵静默带来的欢愉。回来之后告诉朋友,他有点惊讶地说,明洞圣堂是韩国天主教的象征,你误打误撞就遇上了,大概有慧根吧。圣堂是非常重要的天主教基地,十九世纪末就建起来了,不但庄严美观,而且提供信仰的基础,在韩国民主化过程中扮演了重要角色。

我听了也很高兴,没想到在明洞这样的购物区,发现自己是有慧根的。

探访梁辰鱼

梁辰鱼(1519—1591),字伯龙,苏州昆山人,早在嘉靖年间就把昆曲新腔搬上舞台,演成"昆剧",促成昆曲舞台艺术的飞跃,是昆曲勃兴的大功臣。明代中叶以后,昆曲成为中国戏曲雅调的主流,梁辰鱼的贡献,不亚于创新昆曲音乐的魏良辅。据说魏良辅在昆山潜心曲学,"足迹不下楼十年",钻研南北曲,呕心沥血,创制了"水磨调",奠定了昆曲领引风骚的基础。之后,第一个以新制昆曲写成长篇戏曲剧本,打开局面,把昆曲推上中国戏曲艺术巅峰的,就是魏良辅的好朋友梁辰鱼。他写的《浣纱记》,风行一时,结合优美动听的新腔与工艺雅洁的文辞,确定了昆曲的舞台演出地位。《浣纱记》全剧规模宏大,共四十五出,取材于勾践复国的故事,以范蠡与西施的爱情作为穿插的主线。此剧问世之后,不但风行南北,而且长演不衰,有不少折子,从明代一直演到今天。乾隆年间的《缀白裘》,收录了《前访》、《回营》、《姑苏》、《寄子》、《进施》、《采莲》、《赐剑》等折。其中以《寄子》一折最受欢迎,在当今昆剧舞台上,也是经常演出的保留剧目。曲学名家吴梅曾说,"在明曲中,除《四梦》(汤显祖《临川四梦》)外,当推此种为最矣。"

昆山好友老杨跟我说,梁辰鱼的后人住在昆山的巴城镇一带,还有一位九十多岁的梁氏后人,会唱曲,能撇笛,要不要去探访探访?我一听,梁辰鱼过世四百多年后,居然血胤流传,而且还能承继祖先的曲学余续,是得去看看。于是,就有了一番精心的安排,请老祈带路,一同探访。

老祈是巴城人，专门调查昆山地方文献与风物，不只是识途老马，还说地方土话，可以跟当地人沟通无碍。我有点好奇，问说，昆山原本是苏州治下的一个县，巴城是昆山地区的一个乡镇，难道巴城人说的土话，苏州人听不懂吗？老祈解释说，外地人以为苏州一带说的都是苏州话，既然昆山属于苏州地区，想当然耳，苏州话一定通行无阻，其实没那么简单。昆山城里说的，比较接近苏州话；乡下地方说起土话来，苏州人就听不懂了。而且，不同的村子，土话也有差别，彼此听起来也都吃力的。

在田野里七转八绕，发现独立的农舍都已拆除，集中起来盖了七八层高的楼房，一排一排的，总有几十排之多，占地不小，形成昆山农村的新景观，一区一区的住宅聚落，像兵营，都够大的，至少不会比一个团部来得小。在这样一个新农村小区里，我们找到了梁老人，住在底层车库改建的一间陋室之中。老人有九十五六岁了，讲起当年的经历，原来是个道士，会做法事的。他们以前有一拨人，是地方上的"堂名"，也就是婚丧喜庆吹吹打打的乐园，兼唱小调与套曲，基本上唱的就是昆腔。他说自己还藏有一套法师的道袍，宽袍大袖的。过去做法事，他是法师，还有八个"鼓手"，算是很有气派的团队了。后来不让做法事，还继续唱堂名,在地方上很有些名气。我跟他谈话,需要老祈做翻译,他的女儿和外孙女也在一旁帮腔。谈到他的祖先,他说家族中一直看不起梁辰鱼的,不单是因为他科场蹉跎,没有取得功名,更因为他花天酒地,把家浪荡光了,是个"败家子"。我听了,大吃一惊,再也没想到,鼎鼎大名的剧作家,在文学史上名声赫赫的梁辰鱼,在家族后代的眼里,竟是如此不堪。老人年纪太大,已经不能吹笛,也没力气唱曲了,我拿出笔记本,请他签名。他拿起笔,工工整整写下三个字,"梁铸元",是繁体字。我又请他写"昆曲传承"四个字,他也毫不犹豫,写下了四个繁体字。我不好意思问,只在心里猜想,他出生在民国初年,大半辈子都生活在民国时期,或许不习惯写简体字吧?

离开梁老人的家,我们驱车前往梁辰鱼的出生地澜漕村。初春的江南,下着毛毛雨,雾蒙蒙的,柳树抽芽了,很有些淡淡惆怅的诗情。澜漕村前有一条小河,青青河畔草,生机盎然,岸边的迎春花也绽放成片,一串串鲜黄的花朵映在落着雨点的河面上,荡漾着一派春意。村子入口处,立了一块巨石,铁灰色的石面,镌刻了鎏金的三个大字:澜漕村。老祈快步走入村子,招手叫我跟上。穿过村子,看到一条广阔的河道,宽度大约有村前小河的两倍。老祈说,村前那条小河，是"文革"时期农业学大寨，当地领导命令他们挖的，他也被迫参加开渠。村后的河道才是原来的河流，张大复在《昆山人物传》里写梁辰鱼，在家乡盖起华丽的屋宇，招徕四方豪杰名士，结交文坛俊秀，"王元美与戚大将军继光尝造其庐，楼船弃树，公亦时披鹤氅，啸咏其间。"乘坐的楼船，就是顺着这条河道前来，船体硕大壮观，遮掩了河道两旁的树木，在当时一定是十分轰动，引人侧目的。

　　回到巴城镇，老祈找出一本《澜溪梁氏续谱》的复印件，有潘道根1849年的序，其中说："梁氏自元时，有讳仲德者，官昆山州同知，由开封定居于邑之澜漕。世有令德，簪缨相继。与叶文庄（叶盛）、顾文康（顾鼎臣）两家为婚姻。自元迄今，四五[百]年。入国朝，未有仕者，而诗书之泽不替。原（源）远者，其流长；本大者，其枝茂。古有是言。"这本族谱我从未见过，写《梁辰鱼年谱》的徐朔方也没见过，听说是海内外孤本，"文革"之后才发现的，现存苏州图书馆。序是道光年间写的，反映了昆山的梁氏家族一直自认为书香门第，曾经是簪缨之家，诗书传世。这种耕读世家的执着与骄傲，或许解释了家族排斥梁辰鱼的原因，觉得他是个浪荡子，败家精。虽然名满天下，却是家族唾骂的人物。

梁氏家族对待梁辰鱼的态度,折射出明清时代鄙视戏曲的偏见,如此之强烈,如此之历久不衰,则是我先前做梦也没想到的。我不禁为梁辰鱼叫屈,而且联想到杜甫的《戏为六绝句》之二:"王杨卢骆当时体,轻薄为文哂未休。尔曹身与名俱灭,不废江河万古流。"韩愈的《调张籍》,也表达了同样的感慨:"李杜文章在,光焰万丈长。不知群儿愚,那用故谤伤。蚍蜉撼大树,可笑不自量!"梁辰鱼是豪爽的好汉,剧作不朽,名垂青史,也就不必在意族人的毁谤了。

吃青团

到昆山去探访昆曲的遗迹,正好碰上春分时节,油菜花已经开满了郊野,黄艳艳的,在微风细雨中摇晃,虽然不全然是"杏花春雨江南",或是"小楼一夜听春雨,明朝深巷卖杏花"那样细致的诗意,却另有一种乡野的春天风情,好像身穿印蓝花布的村姑,挑着一担担清晨采摘的菜蔬,走过雾气未散的田塍,勤奋的爽朗之中,透露着生命的清新。朋友带我驰骋过田野,到了梁辰鱼的故乡澜漕村,凭吊四百多年来昆曲的兴衰。村后有一条宽广的河道,据梁辰鱼的好友张大复在《昆山人物志》里说,当年戚继光大将军来访梁辰鱼,乘坐的艋艟楼船驶进来,铺天盖地,遮蔽了岸边的树影。缅怀昔日风光,戚大将军气势之豪壮,想来是让村民开过眼的,一定在茅檐底下议论纷纷了好几十年,还要跟睁大了稚幼眼睛的儿孙讲述,绘声绘色的,说戚大将军那口宝剑重八十斤呢,上面沾满了倭寇的鲜血,一层一层的,跟上了漆一样,红艳艳的发亮,倭寇见之胆寒,丢盔弃甲,逃命不迭。

探访过澜漕村,我们回到巴城镇老街,已经相当饿了,在一家传统的酒楼用餐。老板端出一盘青团,说正是时节,刚做的新鲜青团,尝尝新吧。朋友说,青团是江南早春应景的食品,一般都在清明时节上市,过了这时节就吃不到了。本地的青团,是用田野里的麦芽草榨出的草汁,混进糯米粉,做成团子,上笼蒸熟,冷却之后就可以吃了。我不禁想到,现在是春分,到清明时节还有十多天呢,怎么时令提早了呢?朋友也说,真是的,全球暖化,节气的时段都不一样了,清明还没到,清明时节的花儿草儿却都赶早,冒出地面来了。以前都说"清明寒食吃青团",现在才不过是春分,居然也有青团吃了。

青团很好吃,黏黏的糯米粑,有一股浓重的野草味,当中夹着一层微甜的豆沙,中和了野草的苦味,觉得口中充

142

满稍带辛冽的清香，介乎苦蒿与水芹之间，还有点村酿米酒的滋味。我以前也吃过的，好像没有这么鲜、这么糯，更没有这么在口中召唤早春气息的感觉。还记得第一次吃，是在苏州城外的甪直，经过一条青石板的老街，当地的居民摆在竹箩里卖，只觉得有点青草味，让人想到香港大澳街上卖的鸡屎藤米团，没吃出什么特别的滋味。

清代袁景澜的《吴郡岁华纪丽》卷三有"过节寒具"条，说到寒食风俗："吴民于此时造稠饧冷粉团、大麦粥、角粽、油馇、青团、熟藕，以充寒具口实之笾，以享祀祖先，名曰过节。"是说清明寒食期间，苏州老百姓做好一些食品，可供祭祀祖先，也用之为过节的食物。寒食节是冬至之后一百零五天，时节恰好接近清明，据说是为了纪念被火烧死的介之推，也只是传说而已，并不是可靠的历史。倒是老百姓传下祭祀祖先的礼仪，有了寒食的习惯，到了节令，就吃青团。徐达源《寒食》诗有云："相传百五禁厨烟，红藕青团各荐先。"然而，清明寒食吃青团，并不是苏州独有的风俗，不但江南各地都有，荆楚（今湖南、湖北）一带自古就有此风俗。《荆楚岁时记》说："三月三日，取鼠曲汁蜜和为粉，谓之龙舌，以厌时气。"

鼠曲汁是什么呢？就是鼠曲草榨出的汁。鼠曲草，多在清明节期间采集，又叫清明菜。在长江以南，包括湖南地区，民间采摘其嫩茎叶洗净捣碎，与糯米粉拌和蒸食，称为"清明粑"。鼠曲草叶片像鼠耳，也称鼠耳草，是菊科一两年生草本植物，营养丰富，又有多种药用功能，味甘性平，具有祛风湿、利湿浊、化痰止咳之功效。现代中药研究发现，还有扩张局部血管、降低血压、治疗消化道溃疡、镇痛等作用。看起来，民间千百年来，累积了野菜药用的知识，在清明期间，到田间岸边采摘的野草，以之做青团的，不是朋友说的麦芽草，也不是随便哪一种野草，而是鼠曲草。

离开昆山的时候，朋友送了我一竹箩青团，说香港大概没有，带点江南的春意回去吧。